셰익스피어 비극 2

일러두기

• 이 책은 William Shakespeare, 『*The Tragedie of Hamlet*』(Project Gutenberg, 2000), 『*The Tragedie of Othello, the Moore of Venice*』(Project Gutenberg, 2000), 『*The Tragedie of Macbeth*』(Project Gutenberg, 2000), 『*The Tragedy of King Lear*』(Project Gutenberg, 1997)를 참고했습니다.

큰글자 세계문학컬렉션

10

셰익스피어 비극 2

윌리엄 셰익스피어 지음 | 진형준 편역

살림

셰익스피어 비극 2 **차례**

셰익스피어 비극 1 **차례**

제 2 권

# 맥베스 | Macbeth

# 1

　　　　　　　노르웨이가 스코틀랜드 땅을 침공해 왔다. 스코틀랜드의 지방 영주 맥도널드가 반란을 일으켜 노르웨이군의 선두에 섰다. 스코틀랜드의 덩컨 왕을 비롯해서 덩컨 왕의 아들 맬컴과 도날베인, 신하 레녹스 들이 진지에 모여 회의를 하고 있었다. 그때 전투에 나섰던 맥베스 장군 휘하의 장교가 피를 흘리며 진지로 뛰어들었다. 맥베스는 뱅코 장군과 함께 전투를 진두지휘하고 있었다.

덩컨 왕이 말했다.

"그래, 전투가 어찌 되었는가? 보고하라."

"전하, 처음에는 맥도널드의 기세가 대단했습니다. 주변 여러 곳에서 용병과 기마병의 지원을 받아 의기양양했지요. 하지만 우리 용감한 맥베스 장군 앞에서는 맥도 추지 못했습니다. 놈은 맥베스 장군이 단 한 번 휘두른 칼에 몸이 두 동강 나고 말았습니다. 맥베스 장군은 놈의 목을 우리의 성벽 위에 꽂고 적들을 겁에 질리게 했습니다."

"오, 용맹한 사촌, 훌륭하다! 그래 그 뒤에는 어찌 되었는가?"

"사태가 좀 심각해졌습니다. 적들이 줄행랑을 놓으려는 순간, 무기를 정비하고 병력을 보충받은 노르웨이 국왕이 다시 공격해 왔습니다."

"우리의 맥베스 장군과 뱅코 장군이 두려워하지 않던가?"

"그럴 리가 있겠습니까, 전하! 독수리가 참새에게 겁을 먹을 까닭이 없지 않겠습니까? 두 장군은 적들을 일거에 섬멸했습니다."

"참으로 영광스럽구나! 여봐라, 의사를 불러서 이 용감한 전사를 돌보아주도록 하라."

장교가 병사의 부축을 받으며 물러가자 스코틀랜드 지방 영주 로스와 앵거스가 진지로 들어왔다. 덩컨 왕이 그들에게 황급히 물었다.

"어서 오시오, 경들. 그래, 또 무슨 소식이 있소?"

"좋은 소식입니다, 전하"

"어서 말해보시오."

"노르웨이 국왕이 직접 대군을 이끌고 전투에 나섰습니다. 코도 영주가 노르웨이 국왕 편에 붙어 반란을 일으켰습니다. 하지만 칼에는 칼로, 반역의 팔뚝에는 팔뚝으로 맞서서 적을 물리쳤습니다. 그리고 코도 영주를 사로잡았습니다."

"오, 장한 일이오! 그자를 즉시 사형에 처하도록 하오. 과인은 맥베스를 코도 영주로 임명하오. 그대 로스 경은 맥베스를 맞아 이 소식을 전하도록 하오."

로스가 경의를 표하며 말했다.

"분부대로 시행하겠습니다."


맑은 하늘에서 갑자기 천둥이 일었다. 천둥소리와 함께 황야에 세 마녀가 나타났다. 맥베스와 뱅코의 부대가 돌아오는 길목이었다. 마녀들은 춤을 추며 노래하더니 북소리가 들리자 "맥베스다, 맥베스!"라고 외치며 더 빨리 춤을 추기 시작했다.

천둥 치는 하늘을 보며 맥베스가 말했다.

"이런 날은 본 적이 없는 것 같소. 해가 화창한 가운데 천둥이 치다니."

그때 뱅코가 먼저 마녀들을 발견하고 말했다.

"그대들은 누구냐? 지상에 사는 생물 같지 않은 옷을 입고 있으면서 땅을 딛고 서 있다니. 분명히 여자면서 수염을 달고 있다니!"

맥베스가 이어서 말했다.

"어서 말하지 못하겠느냐! 대체 그대들은 누구인가?"

마녀들이 번갈아 노래하듯 외쳤다.

"맥베스 만세! 글래미스 영주!"

"맥베스 만세! 코도 영주!"

"맥베스 만세! 장차 왕이 되실 분!"

맥베스는 마녀들의 외침을 듣고 놀라서 눈을 크게 뜬 채 가만히 있었다.

그러자 뱅코가 말했다.

"장군, 왜 그리 놀라시오? 흡사 이들의 말을 두려워하는 것 같군요. 듣기에 아주 근사한 말이 아니오? 그대들에게 내 진실로 묻겠다. 그대들은 환영이냐, 아니면 실물이냐? 내 동료가 왕이 되리라 예언하며 반기면서 왜 내게는 말이 없느냐? 난 그 어떤 말도 두려워하지 않을 것이다."

그러자 마녀들이 번갈아 말했다.

"만세! 만세!"

"맥베스만큼 크진 않지만 더 위대하신 분!"

"맥베스만큼 운은 없지만 훨씬 더 좋으신 분!"

"왕이 되지는 않더라도 대대로 왕을 낳으실 분! 만세! 맥베스와 뱅코 만세!"

"뱅코와 맥베스, 모두 만세!"

얼마간 말이 없던 맥베스가 마녀들이 사라지려고 하자 그들에게 소리쳤다.

"거기 서라. 좀 더 확실하게 말하라. 내 아버지께서 돌아가셨으니 난 글래미스 영주다. 하지만 코도 영주는 아직 살아 있다. 내가 코도 영주가 될 길은 없어. 도대체 어디서 그런 괴상한 소식을 들었는지 말하라. 어째서 이 황야에서 우리 길을 막고 그런 예언을 하는지 말해."

그러나 마녀들은 아무 대답 없이 바람처럼 사라져버렸다.

「세 마녀 Three Witches」

세 마녀로 분장한 영국 배우 드링크워터 메도, 존 페인, 조지 베넷을 묘사한 1838년의 채색 석판화. 세 마녀는 악·어둠·혼돈·갈등을 대표하지만, 『맥베스』에서 맡은 역할은 중개자·목격자다. 이들은 반란과 눈앞에 닥친 종말을 전한다. 그런데 셰익스피어 시대에, 세 마녀는 반역자보다 더 나쁜 존재로 여겨졌다. 이들은 정치적 반란자일 뿐 아니라, 영혼의 반란자이기도 했기 때문이다. 작품 속에서 이들은 현실과 초현실의 경계를 넘나드는 능력으로 세상에 혼란을 불어넣는다. 실제로 운명을 좌우할 수 있는 존재인지, 아니면 단순히 운명의 전달자에 불과한지 불분명한 상태로, 양쪽 세계에 모두 발을 걸치고 있어서 맥베스를 비롯한 작중 인물들은 더욱 불신과 의혹에 시달릴 수밖에 없다.

뱅코가 말했다.

"마치 땅에도 물처럼 거품이 있는 것 같군요. 어디로 사라진 거지?"

"공중으로 사라져버렸어요. 좀 더 남아 확실하게 말해주었다면!"

"그들이 분명 여기 있긴 있었던 거요? 아니면 우리가 정신이 마비되는 독초라도 먹은 거요?"

맥베스가 뱅코에게 말했다.

"장군의 자손들이 왕이 된다고 하오."

그러자 뱅코가 이어받았다.

"장군이 왕이 된다고 하오."

맥베스가 그 말을 받아 말했다.

"게다가 코도의 영주가 된다고?"

그때였다. 왕의 명을 받은 로스와 앵거스가 그들을 맞이하러 왔다. 맥베스를 본 로스가 말했다.

"맥베스 장군, 장군이 승전보를 보내자 전하께서 더없이 기뻐하셨소. 장군이 역적을 어떻게 해치웠는지, 노르웨이 놈들을 얼마나 용감하게 무찔렀는지 모든 소식을 전령을 통해 들으시고 경탄과 칭송을 아끼지 않으셨소."

이번에는 앵거스가 말을 받았다.

"장군께 전하의 치하를 전하고 전하 앞으로 모시기 위해 이렇게 온 거요. 큰 상이 기다리고 있을 것이오."

그러자 로스가 말했다.

"전하께서는 장군을 코도의 영주로 임명하셨소. 또한 그 칭호로 장군을 맞이하라 하셨소. 코도의 대영주여, 환영합니다."

그 말을 들은 뱅코가 속으로 경악했다.

'아니, 마녀의 말이 그대로 들어맞다니!'

맥베스가 로스에게 말했다.

"코도 영주는 시퍼렇게 살아 있잖소. 내가 어찌 그의 옷을 입는단 말이오?"

"그는 노르웨이군과 결탁했소. 그는 역적이오. 곧 사형에 처할 것이오. 그가 자백했소."

맥베스가 속으로 생각했다.

'그 마녀들 말이 맞지 않은가? 그렇다면 다음에는 왕?'

그는 로스와 앵거스에게 치하한 후 뱅코에게 은밀하게 속삭였다.

"장군, 장군은 당신 자손들이 왕이 되기를 원하지 않소? 저 마녀들의 말을 믿을 수밖에 없소."

"그 말을 그대로 믿다가는 코도 영주 정도가 아니라 왕관을 탐하게 되겠군요. 악마는 가끔 우리에게 작은 진실을 알려주지요. 그걸로 우리를 유혹하는 거요. 하지만 결국은 우리를 배반합니다."

맥베스는 혼자 생각에 잠겼다.

'두 가지는 진실로 밝혀졌다. 내가 글래미스 영주라는 것, 또한 코도 영주가 되었다는 것. 그래, 그들이 내게 왕이 되어 달라고 간청한 거야. 미래의 일을 예언한 거야. 왕권을 둘러싼 웅대한 연극이 시작되는 거야. 생각지도 않던 코도 영주 자리가 내게 돌아왔지 않은가? 그건 앞으로 벌어질 일을 미리 예고하는 거야. 그런데 왜 자꾸 끔찍한 유혹에 빠져드는 것 같은 생각이 드는 거지? 왜 머리칼이 곤두서는 거지? 왜 심장이 이렇게 요란하게 고동치지? 눈앞에 벌어지고 있는 무서운 일보다 마음속에서 벌어지는 일이 더 무서운 법이야. 아직 벌어지지도 않은 상상 속의 살인이 나를 이렇게 마비시키는구나! 제길, 될 대로 되라지. 아무리 험한 날들이라도 세월은 흐르는

법이니까.'

뱅코가 넋을 잃고 있는 맥베스를 일깨웠다.

"장군, 뭐하시오? 새로운 영예에 정신을 잃었소?"

"아, 용서하시오. 잠시 정신이 나갔던 모양이오. 자, 국왕을 뵈러 갑시다."

그런 후 맥베스는 다시 속삭였다.

"우리가 겪은 뜻밖의 일을 잊지 마시오. 시간을 두고 곰곰 생각해본 뒤 마음을 터놓고 이야기를 나누어봅시다."

뱅코가 그러자고 대답하자 일행은 덩컨 왕이 기다리고 있는 어전으로 향했다.

어전에서 덩컨 왕이 아들 맬컴에게 물었다.

"코도 영주의 사형은 집행되었느냐? 형을 집행한 자는 아직 돌아오지 않았느냐?"

맬컴이 대답했다.

"아직 오지는 않았습니다만 소식은 들었습니다. 그는 죽어 가면서 자신이 대역죄를 저질렀음을 고백했다 합니다. 전하의 용서를 빌면서 진심으로 참회했다고 합니다."

"아, 사람의 얼굴을 보고 그 마음을 읽어내기란 얼마나 어려운지! 내가 그를 얼마나 신임했는데!"

그때 맥베스가 어전으로 들어왔다. 덩컨 왕은 몸소 몸을 일으키며 그를 맞았다.

"오, 나의 훌륭하기 그지없는 사촌 동생! 그대가 너무 큰 공을 세우니 어찌 보답해야 할지 모르겠소. 어떤 식으로 하더라도 그대에게 제대로 보답하지는 못할 것이오."

맥베스가 대답했다.

"제가 전하께 입은 은혜를 실행으로 보답해드린 것일 뿐입니다. 전하께서는 저희 신하들의 의무를 받아들이시기만 하면 됩니다. 전하의 안녕을 위해 무슨 일이든 마다 않고 하는 것, 그것이 저희의 도리 아니겠습니까."

"아무튼 내 그대에게 최고의 영예와 자리를 주겠소. 뱅코 장군, 그대의 공도 적지 않으니 내 가슴에 고이 간직하리다. 자, 맬컴 왕자와 친척, 영주들은 들으시오. 여러분 앞에서 나는 맬컴을 왕세자에 봉하는 바요. 이제부터 그를 컴벌랜드 왕자라 부르겠소. 자, 인버네스의 맥베스 장군 성으로 가서 우리 모두 결속을 다지기로 합시다."

그때 맥베스가 나서 왕에게 간청했다.

"전하, 저는 먼저 물러갈까 합니다. 제 아내에게 먼저 이 행차 소식을 전하도록 허락해주십시오."

맥베스는 왕의 허락을 받고 물러나면서 생각했다.

'컴벌랜드 왕자라! 내 앞길을 가로막는 계단이로구나. 내가 걸려 넘어질지 아니면 그 장애물을 넘어설지 운명이 결정하리라. 별들아, 얼굴을 감추어라! 빛이여, 사라져라! 나의 이 시커멓고 깊은 야망이 보이지 않게 하라. 그래, 해치우는 거야. 아무리 끔찍한 결과가 오더라도!'

그가 밖으로 나간 지 얼마 후 왕이 뱅코에게 말했다.

"뱅코 장군, 맥베스는 정말 용감한 장군이지요? 그를 칭찬하는 소리만 들어도 배가 부를 정도요. 자, 우리 모두 그의 성으로 갑시다."

한편 인버네스 성에서는 맥베스 부인이 맥베스가 미리 보낸 편지를 읽고 있었다.

나는 승전 후 돌아오다 그 마녀들을 만났소. 그들은 인간보다 더 많은 것을 알고 있는 게 분명하오. 그들에게 더 많은 것을 알아보려 했으나 홀연 공중으로 사라져버렸소. 그런데 사자들이 오더니 나를 코도 영주라 부르며 반겼소. 그 운명의 여신들이 내 앞길을 미리 알려준 것이오. 그 여신들은 이미 나를 코도 영주라 부르며 환영했소. 그리고 나를 가리키며 "만세! 왕이 되실 분"이라고 했소. 이 사실을 내가 가장 소중히 생각하는 당신에게 전하오. 내 권세는 곧 당신의 권세요. 우리가 함께할 기쁨을 당신에게 미리 알리고 싶어 이 글을 보내오.

그 편지를 읽은 맥베스 부인은 혼자 생각했다.

'그이는 약속받은 것을 이룰 거야. 하지만 한 가지 걱정이 있어. 그이는 너무 인정이 많아. 위대해지고 싶은 야심은 있는데 그 일을 이룰 만한 사악함이 없어. 그래요, 당신은 부당한 방법으로라도 뭔가를 이루고 싶은 욕심은 있지만 속임수를 쓸 줄은 몰라요. 어서 내 곁으로 와요. 내가 당신 귀에 대고 내 혼을 불어넣어주겠어요. 운명이 당신에게 왕관을 씌워주었어요. 그 왕관을 얻는 데 방해가 되는 모든 것들을 용감하게 물

리칠 수 있는 힘을 내가 줄게요.'

그때 맥베스가 앞서 보낸 사자가 와서 왕이 오늘 저녁 이곳으로 올 것이며 맥베스가 먼저 도착할 것이라는 소식을 전했다. 그 소식을 듣고 맥베스 부인은 무릎을 쳤다.

'아, 이 무슨 하늘이 준 기회란 말인가! 자, 악령들아, 내 온몸을 잔인함으로 채워다오! 내 온몸의 피를 탁하게 만들어 동정심이 찾아올 길을 막아다오. 연민의 정이 찾아와 내 목표를 흔들지 않게 해다오. 살인귀들아, 내 가슴의 쓰디쓴 쓸개즙을 맛보아라! 짙은 밤아, 어서 와서 지옥의 시커먼 연기로 모든 것을 휘감아라. 나의 예리한 칼이 낸 상처를 그 칼조차 볼 수 없게 만들어라!'

그녀가 사악한 욕망과 계획에 몸을 떨고 있을 때 맥베스가 성에 도착했다. 그를 반가이 맞이하며 부인이 말했다.

"글래미스 영주님! 코도 영주님! 앞으로는 훨씬 더 크게 되실 분! 당신의 편지에서 저는 미래를 보았어요."

"쉿, 여보, 오늘 덩컨 왕이 이곳으로 온다오."

"알고 있어요. 얼마나 있다 가지요?"

"내일까지로 예정되어 있소."

"태양은 내일 그의 얼굴을 못 볼 거예요. 영주님, 당신 얼굴에는 너무 낯선 게 쓰여 있어요. 세상을 속이려면 그것을 감추세요. 눈과 손과 혀로 그를 반갑게 맞으세요. 순진한 꽃처럼 보이면서 그 아래 뱀을 숨기세요. 오늘 밤 모든 일은 제 수완에 맡기세요."

"나중에 더 의논해봅시다."

"당신은 그저 밝은 표정만 보이면 돼요. 나머지는 모두 제게 맡기세요."

얼마 후 덩컨 왕과 맬컴 왕자, 도날베인 왕자, 뱅코, 레녹스, 맥더프, 로스, 앵거스 등 제후들과 대신들이 시종들과 함께 맥베스의 성에 도착했다. 맥베스 부인이 그들을 맞았다.

"전하, 전하를 모시기에 너무 누추합니다. 제 남편에게 새로운 작위를 내리시니 저희는 전하를 위해 기도할 뿐입니다."

"아, 부인. 부인을 귀찮게 해드린 건 미안하오. 하지만 모두 그대 주인을 향한 호의에서 나온 것이니 감사히 받아주면 좋겠소. 코도 영주는 어디 있소? 자, 과인을 이 댁 주인에게 안내해주시오. 나는 진심으로 그를 아끼니 언제까지나 은총을 베풀 것이오."

"전하, 잠시만 기다려주십시오. 급히 달려와서 몸을 씻고 옷을 갈아입는 중입니다."

얼마 후 맥베스가 왕에게 와서 예를 표했다. 그들은 함께 맥베스 부인이 준비한 만찬을 들었다.

밤이 되었다. 부인이 맥베스의 방으로 갔을 때 그는 깊은 상념에 빠진 채 방안을 서성이고 있었다.

'일은 빠를수록 좋을 거야. 만약에 암살로 엮어버릴 수 있다면 만사 끝이겠지. 아, 하지만 그는 나를 믿고 여기 머물고 있다. 난 그의 친척이며 신하다. 나는 그 암살을 막아야 할 사람, 자객을 막아야 할 사람이야. 게다가 덩컨 왕은 대단히 겸손하고 인자한 사람이지. 너무 깨끗하여 만인에게 칭송받고 있어. 그의 덕행이 결국 이 끔찍한 악행에 승리를 거둘 거야. 이 끔찍한 짓을 온 세상에 드러나게 할 테지. 아, 이 악행에서 오로지 내 힘이 되어줄 것은 나의 치솟는 야망뿐. 내게는 아무 것도 없어. 야망이라는 놈은 너무 높이 솟구쳤다가 기어이 땅에 곤두박질치고 말겠지!'

방으로 들어선 부인을 본 맥베스가 말했다.

"여보, 그만둡시다. 왕이 이번에 더할 수 없는 영예를 내려주었소. 게다가 나는 지금 모든 이의 찬사를 한 몸에 받고 있소. 이 영광스러운 옷을 입고 지낸 지 얼마 되지도 않았는데 이렇게 빨리 내던지고 싶지는 않소."

"아니, 그 옷이 그렇게 화려해요? 당신이 입고 있던 그 찬란한 희망의 옷은 어디다 두었어요? 욕망에 걸맞게 행동하는 사람이 되는 게 두려워요? 속으로는 '탐이 나'라고 속삭이면서 '그러면 안 되지'라고 스스로 가로막는, 그런 비겁한 사람으로 살 거예요?"

"여보, 좀 조용히 하시오. 남자다운 일이라면 나는 못 할 게 없는 사람이오. 그 누구도 나를 따라올 자 없소."

"당신 스스로 이 계획을 내게 미리 알려주었어요. 이 일을 하겠다고 결심했을 때 당신은 진정으로 대장부였어요. 이 일을 해내면 당신은 더 큰 남자가 되는 거예요. 이제 때가 되었는데 당신은 기가 꺾였군요. 지금은 용기의 시간이에요. 자비와 사랑 따위는 버리세요."

"만일 실패하면?"

"실패요? 그건 용기를 잃은 자들만 맛보게 되어 있는 거예요. 자, 제 말대로 해요. 왕이 잠들면 침실 시종 두 명에게 포도주를 잔뜩 먹일게요. 세상 모르고 잠에 곯아떨어지게 할게요. 그러고 나면 우리가 못 할 일이 뭐가 있겠어요? 왕을 시해한 죄를 그들에게 뒤집어씌우면 되는 거예요."

"여보, 당신은 분명 사내아이를 낳을 거요. 남자에게만 어울리는 그런 담대한 기질을 가진 당신 배 속에 계집아이를 키울 리 없소. 그렇지. 그 방에서 졸고 있는 시종들의 단검을 사용해서 왕을 죽이고 그들에게 핏자국을 남기면 되겠군. 다들 그들의 소행으로 여기겠지."

"그래요. 아무도 우리를 의심하지 않을 거예요. 우리가 그 누구보다 비탄에 젖어 큰 소리로 통곡을 하면 누가 우리를 의심하겠어요?"

"좋소. 결심했소. 온 힘을 다해 이 모험을 감행하겠소. 자, 들어가서 우리의 부드러운 얼굴을 사람들에게 보입시다. 그 얼굴로 사람들을 속입시다. 우리 마음속 악한 모습은 그 가면으로 가려두고."

# 2

　자정이 넘은 시각, 성안 뜰에서 뱅코와 그의 아들 플리언스가 잠을 쫓으며 왕의 경호를 서고 있었다. 그때 맥베스가 횃불을 든 하인과 함께 뜰에 나타났다. 뱅코가 그를 보고 말했다.

　"아니, 장군, 아직 안 주무셨소? 전하께서는 침소로 드셨소. 정말 만족하시고 즐거워하셨소. 부인께도 극진한 감사의 말씀을 하시며 선물을 내리셨소."

　"준비가 미흡해서 모자란 점이 많았소. 자, 장군은 이제 가서 편히 쉬시오. 내가 이곳을 맡을 테니."

　"그럼 미안하지만 우리는 가서 자겠소."

말을 마친 후 뱅코와 플리언스는 안으로 들어갔다. 그들이 시야에서 완전히 사라지자 맥베스가 하인에게 말했다.

"너도 가서 자거라. 그 전에 마님을 뵙고 술이 준비되거든 종을 울리라고 말해라. 무슨 말인지 마님이 알 것이다."

왕의 시종들이 술에 곯아떨어졌음을 알리는 신호였다. 하인이 물러나자 그는 손에 단검을 쥐었다. 잠시 후 종소리가 울렸다. 그는 중얼거렸다.

'자, 가야지. 이제 그곳으로 가기만 하면 끝난다. 종소리가 울렸어. 듣지 마라, 덩컨 왕! 당신을 천국 또는 지옥으로 부르는 조종(弔鐘)이니.'

맥베스는 살금살금 왕의 침실로 들어갔다. 이어서 비명이 들린 듯도 했다. 잠시 후 맥베스가 단검을 손에 쥔 채 비틀거리며 밖으로 나왔다. 정신이 하나도 없어 보였다. 밖에서는 부인이 그를 기다리고 있었다.

부인을 본 맥베스가 말했다.

"해치웠소. 무슨 소리 못 들었소?"

"올빼미와 귀뚜라미 소리밖에 없었어요. 자, 어서 물을 떠다 손에 묻은 그 더러운 자국을 깨끗이 씻으세요. 아니, 그런데 당신 손에 그게 뭐예요? 단검 아니에요? 그건 왜 갖고 나왔어요? 그 자리에 놓아두어야지. 자, 다시 가서 놓고 오세요. 그리고 잠든 시종들에게 피를 칠해놓으세요."

"이제 못 가겠어. 내가 한 일이 두려워졌어. 생각만 해도 무서워. 다시 그 모습을 볼 수가 없어."

"참, 어쩜 그리 대가 약하세요. 그 단검 이리 줘요. 자는 사람이나 죽은 사람이나 그냥 그림 같은 거예요. 애들이나 그림 속 악마를 무서워하는 법이지요. 그가 아직도 피를 흘리고 있겠지요. 내가 그 피를 시종들 얼굴에 바르고 올게요."

맥베스 부인은 안으로 들어갔다. 맥베스는 여전히 얼이 빠져 있었다.

"아, 자그만 소리에도 오싹 놀라게 되는구나. 도대체 내가 왜 이럴까? 싸움터에서는 그토록 용감한 내가! 아, 이 손! 이 손의 피! 저 바닷물인들 이 피를 씻어낼 수 있을까! 오히려 내 손이 그 넓은 바다를 온통 핏빛으로 물들이겠지."

잠시 후 맥베스 부인이 다시 조심조심 뜰로 나왔다.

"내 손에도 이제 피가 묻었어요. 하지만 내 심장은 당신처럼 그렇게 창백하지 않아요. 자, 이제 우리는 자러 가요. 가서 평온하게 잠옷을 걸쳐요."


다음 날 아침 일찍 맥더프와 레녹스가 맥베스를 보러 왔다. 맥베스는 접견실에서 그들을 맞았다. 맥베스를 본 맥더프가 말했다.

"전하께선 기침하셨습니까?"

"아직 안 일어나셨습니다."

"일찍 깨워달라는 분부가 있었는데 다행히 늦지 않은 것 같군요."

"자, 내가 안내해드리겠소."

왕의 침실 문 앞에 이르자 맥더프가 안으로 들어갔다. 레녹스와 맥베스는 밖에서 기다렸다. 레녹스가 맥베스에게 물었다.

"전하는 오늘 출발하실 예정이지요?"

"예, 그렇게 알고 있습니다."

"간밤에 웬 날씨가 그리 사납던지……. 우리 숙소 굴뚝이 다 날아갔소. 게다가 무슨 이상한 곡성이 허공에서 들렸다고들 하기도 하고……. 무슨 비명소리가 들린 것 같다고도 하고……. 올빼미도 밤새 사납게 울어대더군요."

"정말 괴이한 밤이었소."

그때 맥더프가 소리를 지르며 방 밖으로 뛰쳐나왔다.

"아, 이 무슨 무서운 일이! 입으로 말할 수도 없고 생각조차 할 수 없는 일이 벌어지다니!"

맥베스와 레녹스가 동시에 황급히 물었다.

"대체 무슨 일이오?"

"신성모독이 벌어졌습니다. 웬 살인마가 지옥에서 나와 전하를 시해했습니다."

레녹스가 놀라 소리쳤다.

"뭐라고요? 전하의 생명을!"

맥베스와 레녹스는 황급히 방안으로 뛰어 들어갔고, 맥더프는 소리 높여 외쳤다.

"모두 일어나라, 일어나! 경종을 울려라! 살인이다, 반역이다! 뱅코, 빨리 일어나시오. 도날베인 왕자, 컴벌랜드 왕자 일어나시오. 전하가 시해되셨소!"

그런데 그 소리를 듣고 제일 먼저 나타난 사람은 맥베스 부인이었다.

"도대체 무슨 일이에요? 왜 이렇게 사람 소름 돋게 만드는 종소리가 울리는 거예요? 사람들은 왜 이렇게 모여드는 거죠? 제발 말씀 좀 해주세요."

그러자 맥더프가 대답했다.

"아, 부인, 부인께는 말씀드릴 수 없습니다. 연약한 여자들이 들으면 정신을 잃을 수밖에 없는 일이기 때문입니다."

"네? 어떻게 그런 일이? 바로 우리 집에서요?"

그때 뱅코가 놀라서 뛰어왔다. 뱅코를 보자 맥더프가 소리쳤다.

"오, 뱅코, 우리 주군께서 피살되셨소."

"맥더프 장군, 그게 무슨 소리요? 내가 잘못 들은 거 아니오? 제발 잘못 들었다고 해주시오."

그때 맥베스와 레녹스가 방에서 나왔다. 맥베스가 말했다.

"아, 이런 일을 겪기 전에 죽을 수 있었다면 얼마나 큰 축복일까! 지금 이 순간부터 내 삶에서 중요한 건 아무것도 없소. 명예와 미덕은 모두 사라지고 허접한 것만 남았소."

바로 그때 맬컴과 도날베인이 허겁지겁 달려왔다. 도날베인이 물었다.

"무슨 일이 있는 거요?"

맥베스가 말했다.

"두 분은 차라리 모르는 편이……. 두 분 피의 샘물이, 그 원천이 끊어지고 말았습니다."

맥더프가 말을 받았다.

"부왕께서 시해되셨습니다."

맬컴이 비틀거리며 물었다.

"아, 세상에 이럴 수가……. 어떤 놈들이 한 짓입니까?"

레녹스가 말했다.

"전하의 시종들 짓으로 보입니다. 놈들 손과 얼굴에 피가 묻어 있고 단검에도 피가 묻어 있었습니다. 닦지도 않은 단검이 베개 위에 있었습니다. 놈들의 단검입니다. 놈들은 얼이 빠진 듯 멍청히 바라만 보고 있었습니다."

그러자 맥베스가 말했다.

"아, 내가 너무 성급했나 봅니다. 후회가 돼요. 놈들에게 더 캐물었어야 하는 건데……. 너무 화가 난 나머지 내가 놈들을 죽여버렸으니……."

맥더프가 놀라서 물었다.

"놈들을 죽였어요? 아니 왜 그런 거요?"

"너무 놀랐고 너무 분노해서 이성을 잃었소. 피로 물든 전하의 모습에 충정을 억누를 수 없었소. 옆에 있는 자객들을 향한 분노에 정신을 잃었소."

옆에 있던 맥베스 부인이 한 술 더 떴다.

"아, 도저히 서 있을 수가 없어요. 누가 나를 좀 방으로 데려다주세요."

맥더프가 시종들에게 부인을 모시라고 명령했다. 부인은 시종들의 부축을 받으며 자신의 방으로 갔다.

정신이 나간 표정으로 지켜보고 있던 맬컴이 도날베인에게 속삭였다.

"아버지께서 돌아가셨는데 우린 왜 아무 말도 못 하고 이렇게 입 다물고 있는 거지? 이건 바로 우리 일이잖아."

그러나 경황 중에도 도날베인은 침착함을 잃지 않았다. 그가 맬컴에게 속삭였다.

"우리가 무슨 말을 할 수 있겠습니까? 어떤 음모가 우리를 기다리고 있는지 모르는데……. 아직 눈물을 흘리기에는 때가 이릅니다. 우선 여길 빨리 떠나야 합니다."

"그래, 저들 아무와도 어울릴 수 없겠다. 누가 거짓을 감추고 있는지 아직 모르니……. 나는 잉글랜드로 몸을 피해야겠다."

"전 아일랜드로 가겠어요. 우리가 헤어져 있는 게 더 안전할 겁니다. 우리 곁에 보이는 웃음 속에는 비수가 숨어 있어요. 우리와 가까운 핏줄이 더 우리의 피를 원하고 있어요."

"그래, 아직 살기를 띤 화살이 표적을 향해 날아가고 있는 중이다. 표적이 먼저 피하는 게 상책이야. 작별 인사 한답시고 요란 떨지 말고 살짝 빠져나가자."

둘은 몰래 그곳을 빠져나갔다. 나머지 사람들은 그들이 나가는 것을 보지 못했다.


성 밖 로스의 집에서 맥더프가 로스를 만나고 있었다. 그들은 사촌 간이었다. 로스가 여러 가지 궁금한 게 있어 맥더프를 만나자고 한 것이었다. 로스가 물었다.

"그런 잔악한 짓을 꾸민 자들이 누군지 밝혀졌어?"

"맥베스가 살인자들을 이미 죽였으니 알 도리가 있나요?"

"아니, 그들이 무슨 이익을 바라고 그런 짓을 벌인 거지?"

"누군가의 사주를 받았겠지요. 일이 벌어지자 두 왕자 맬컴과 도날베인이 도망가버렸으니 당연히 그들이 의심을 받게 되었고요."

"도무지 이치에 맞지가 않아. 그들이 왜 그런 짓을……. 그렇다면 왕권은 당연히 전왕의 사촌인 맥베스에게 돌아가겠군."

"그는 이미 왕위에 추대를 받았어요. 옥좌에 오르려고 벌써 스쿤으로 떠났어요."

"덩컨 왕의 유해는?"

"돌아가신 왕들의 유골이 묻혀 있는 콤킬로 모셨지요."

로스가 마지막으로 맥더프에게 물었다.

"자네는 스쿤으로 갈 텐가?"

"아니요, 전 제 영지인 파이프로 가겠어요."

"난 스쿤으로 가겠네."

"그래요? 거기서 잘 지내시길 바랍니다. 새 옷이 헌 옷만큼 편하길 빌겠어요."

둘은 작별 인사를 나누고 헤어졌다.

# 3

맥베스가 왕위에 올랐다. 뱅코는 진작에 맥베스를 의심하고 있었다. 그는 생각했다.

'맥베스 왕은 글래미스와 코도를 가진 후에 왕위까지 차지했어. 다 마녀들이 예언한 대로야. 그걸 서둘러 이루려고 더러운 짓을 저지른 게 틀림없어. 그렇다면 나는? 그들은 내 후손들이 왕이 될 거라고 했지. 맥베스를 볼 때 그 말이 옳을 수도 있어. 그렇다면 내가 희망을 가질 수 있단 말인가? 아, 하지만?'

한편 맥베스는 뱅코가 두려웠다. 그는 생각했다.

'마녀들의 말을 그와 함께 들었잖아? 그는 당연히 나를 의심할 거야. 또한 마녀들은 그의 자손들이 왕이 되리라고 예언했어. 내게는 자식이 없어. 그렇다면 나는 그의 후손들을 위해서 저 인자한 덩컨 왕을 죽인 셈이잖아? 오로지 그를 위해 내 마음의 평온을 깨뜨린 것이고 그를 위해 손에 더러운 피를 묻힌 거야. 더욱이 그는 제왕 같은 성품을 지녔지. 그는 대단히 과감하고 지혜로워. 이제 내가 두려워해야 할 존재는 오로지 뱅코 하나뿐이야. 그를 없애야만 해.'

맥베스는 국왕 취임 축하연을 준비했다. 잔치가 열리기 전날 맥베스는 자객들을 불렀다. 지난날 뱅코에게 벌을 받고 원망을 품고 있던 자들이었다. 그들은 뱅코를 원수로 여기고 있었다. 맥베스는 뱅코를 죽이는 게 원수를 갚는 길이라며 그들을 부추겼다. 맥베스는 모든 책임은 자기가 질 테고 그들에게 큰 상을 내리겠다며 뱅코를 살해하라고 은밀히 지시했다.

"자, 한 시간 내로 너희가 어디에 몸을 숨긴 채 잠복할 것인지 알려주겠다. 아울러 언제 일을 거행할 것인지 정확히 알려주마. 어쨌든 이 밤이 가기 전에 궁 밖에서 해치워야 한다. 명심해. 그의 아들 플리언스도 해치워야 한다."

자객들은 명을 받고 물러났다. 그들이 물러나자 왕비가 들어왔다.

"전하, 홀로 무슨 생각에 잠겨 계신 건가요? 왜 그렇게 근심 어린 얼굴을 하고 계셔요? 이미 끝난 건 끝난 거예요."

"우리는 아직 독사를 완전히 죽이지 못했소. 상처만 입힌 셈이지. 독사는 곧 회복될 거요. 그러고는 우리를 향해 사나운 이빨을 들이댈 거요. 아, 악몽을 꾸는 것 같소. 이렇게 고통 속에 떨며 사느니 차라리 죽은 자와 함께하고 싶은 심정이오. 덩컨은 무덤에서 평화롭게 잘 자고 있지 않소."

"전하, 어서 얼굴을 펴세요. 오늘 밤 손님들 앞에서 빛날 얼굴을 준비하세요."

"그러리다. 당신도 그렇게 하시오. 특히 뱅코 장군을 사람들 앞에서 추어올려주시오. 그들 앞에서 우리 본심을 드러내면 안 되오."

"전하, 우리 본심이라니요? 그를 어쩌시려고요? 이제 제발 그만두세요."

"여보, 이미 내 마음속에는 독충들이 우글대고 있소. 당신도 알다시피 뱅코와 플리언스가 살아 있지 않소?"

"하지만 그들이라고 영원히 살 수 있겠어요?"

"그렇다면 더욱 걱정할 것 없소. 조금 앞당기는 것뿐이니까. 사원의 박쥐가 사원 안을 훨훨 날아다니기 전에 흉한 일이 벌어질 거요."

"도대체 무슨 일인데요?"

"당신은 모른 척하고 있으시오. 나중에 박수나 쳐주시오. 오라, 밤아! 인자한 낮의 부드러운 눈을 가려라! 너의 잔인한 손으로, 나를 두려움에 떨게 하는 그 생명을 갈기갈기 찢어다오."

그 말을 듣고 부인이 놀라 눈을 동그랗게 떴다. 그러자 맥베스가 말했다.

"내 말에 놀랐구려. 하지만 잠자코 기다리고만 있으시오. 나쁘게 시작한 일은 더 나쁘게 만들어야 마무리가 잘 되는 법이오. 자, 나와 함께 갑시다."


그날 저녁 뱅코는 아들 플리언스와 함께 숲에서 사냥을 하고 돌아오는 길이었다. 잔치에 늦지 않기 위해 그들은 서둘렀다. 그들은 궁으로부터 일 마일쯤 떨어진 곳에서 말에서 내렸다. 걸어서 궁으로 들어가는 것이 예법이었기 때문이다. 이미 날이 어두워졌기 때문에 뱅코와 플리언스는 횃불을 들고 있었다. 자객 세 명이 숨어서 그들이 걸어오는 것을 엿보고 있었다. 자객 중 한 명이 재빨리 앞으로 나서며 횃불을 꺼버렸다. 사방이 어두워지자 두 명이 뱅코를 공격했다. 전혀 대비가 없었기에 맹장 뱅코도 어쩔 수 없었다. 그는 죽어가면서 소리쳤다.

"배신이다, 배신! 플리언스 도망쳐라, 도망쳐! 기필코 복수해라! 이 비열한 맥베스!"

플리언스는 어둠을 이용해 도망갔다. 자객들은 플리언스를 찾았지만 너무 어두워서 아무것도 보이지 않았다. 그들은 그대로 맥베스에게 보고하기 위해 궁으로 향했다.

한편 궁에서는 잔치가 준비되어 있었다. 맥베스가 손님들을 자리에 앉으라고 권하며 환영 인사를 했다. 그때 자객 한 명이 문 앞에 나타나서 맥베스에게 눈짓을 했다. 맥베스는 자리에서 슬쩍 일어나 문 앞으로 갔다. 맥베스는 눈치를 살피며 자객에게 낮은 목소리로 속삭였다.

"네 얼굴에 피가 묻었구나."

"뱅코의 피입니다. 제가 직접 목을 그어버렸습니다."

"잘했어. 그럼 플리언스는 누가 처치했지?"

"국왕 전하……. 그게 그만……. 플리언스는 도망갔습니다."

"정말이냐? 골치 아프게 되었군. 하지만 큰 뱀은 이미 죽었고 작은 뱀은 아직 이빨이 없을 테니……. 자, 물러가라. 내일 다시 만나 이야기하자."

자객이 사라지자 왕비가 맥베스 곁으로 와서 말했다.

"전하, 환대의 말씀을 해주셔야지요. 축하연에서는 식사 도중 환대의 말씀을 자주 해주셔야 양념 구실을 하는 법이잖아요. 그런데 그게 빠지니까 잔치가 영 흥이 안 나요."

"그렇구려. 옳은 말이오."

맥베스는 다시 안으로 들어가 술잔을 들며 사람들을 향해 말했다.

"자 여러분! 식욕을 냅시다. 다들 마음껏 드시오. 여러분의 건강을 기원하며, 건배!"

그러더니 그가 고개를 좌우로 돌리며 말했다.

"뱅코 장군이 왜 안 오는 거지? 그가 왔으면 가장 상석에 모셨을 텐데."

그러자 로스가 말했다.

"전하, 아마 좀 늦는 것 같습니다. 그가 없더라도 저희와 함께 자리를 해주십시오."

맥베스가 신하들의 자리를 둘러보니 이미 다 차 있었다. 그가 말했다.

"그런데 빈자리가 없지 않소?"

그러자 레녹스가 말했다.

"전하, 여기 빈자리가 하나 있습니다."

"어디요?"

"여기 상석입니다."

맥베스는 레녹스가 가리키는 자리를 쳐다보았다.

그런데 그 자리에 뱅코의 유령이 피를 흘리며 앉아 있었다!

당황한 맥베스는 뱅코의 유령을 향해 소리를 질렀다.

"아니, 도대체 누가 그대에게 이런 짓을 했단 말인가!"

손님들이 일제히 무슨 일인가 눈이 휘둥그레졌다. 맥베스가 손을 휘저으며 말했다.

"이건 내가 한 짓이 아니다. 그 피투성이 머리칼을 내게 휘두르지 말라."

로스가 사람들에게 말했다.

"전하께서 어딘가 불편하신 모양이니 모두 물러갑시다."

그러자 왕비가 그들을 만류했다.

"앉으세요, 여러분. 전하께서는 가끔 저러십니다. 젊은 시절부터 그러셨어요. 잠시 그러실 뿐 조금만 지나면 괜찮아지십니다. 자, 염려 마시고 음식과 술을 즐기세요."

그녀는 맥베스에게 낮은 목소리로 핀잔을 주었다.

"당신, 왜 이래요? 무슨 대장부가 이런 꼴을 보여요?"

그는 뱅코의 유령을 노려보며 말했다.

"암, 나는 대담한 남자지. 악마도 고개를 돌릴 저 무서운 모습을 이렇게 노려볼 만큼……."

"참 장하시군요. 당신은 무서워서 헛것을 본 거예요. 전부 가짜예요. 정말 창피해서! 아니, 왜 그런 얼굴을 하세요? 그건 그냥 의자잖아요? 왜 그렇게 빈 의자를 쳐다보세요?"

"여보, 저기 좀 봐. 잘 봐요, 저기를! 저 봐. 고개를 끄덕이잖소. 이보게, 고개만 끄덕이지 말고 어디 말도 해보라고!"

"아니, 이제는 아예 실성한 짓까지 하시네! 여보, 제발 기운 좀 내세요."

그 순간 맥베스의 눈에 보이던 유령이 사라졌다. 맥베스가 왕비에게 말했다.

"당신 정말 못 봤소? 내 두 눈으로 똑똑히 봤다고."

"아이 참! 정말 창피해요."

맥베스는 계속 헛소리를 했다.

"많은 사람들이 피를 흘리며 죽어갔어. 끔찍한 살인은 수도 없이 있었어. 그러나 언제나 한 번 죽으면 그것으로 끝이었어. 그런데 머리에 수십 군데 치명상을 입고도 다시 살아나서 의자를 차지하다니……. 아, 이 무슨 해괴한 일이란 말인가?"

사람들은 모두 어리둥절할 수밖에 없었다. 왕비가 모든 사람들이 들릴 만한 목소리로 맥베스에게 말했다.

"전하, 귀한 손님들이 전하의 말씀을 기다리고 있습니다."

맥베스가 정신이 돌아온 듯 사람들을 둘러보며 말했다.

"아, 여러분 놀라지 마시오. 내게 별것 아닌 고질병이 있소. 여러분의 건강을 축원하오. 자, 술잔을 채우시오. 이 자리에 계신 모든 이들을 위해! 이 자리에 오지 못해 섭섭한 뱅코 장군을 위해! 그가 있었으면 좋았을 것을. 자, 모두를 위하여! 그를 위하여! 우리 모두를 위하여!"

다들 "전하를 위하여"라고 외치며 잔을 높이 들었다.

그때 맥베스의 눈에 다시 뱅코의 유령이 보였다.

그러자 맥베스가 소리쳤다.

"어서 꺼지지 못할까? 썩 내 눈앞에서 사라져! 땅속으로 들어가! 거기가 네 자리야! 뼈 안에 골수도 없고 피도 이미 차디차게 얼어붙은 것이! 나를 노려보는 네 눈에는 빛이 없다. 그러니 사라져라!"

왕비가 황급히 사람들에게 말했다.

"여러분, 그냥 습관처럼 그러는 거라고 생각해주세요. 정말 별거 아니에요. 이 좋은 분위기를 망쳐놓는다는 게 문제일 뿐이지요."

맥베스는 계속 소리쳤다.

"그래 어디 덤벼봐. 다시 살아나서 황야에서 칼을 뽑고 내게 덤벼봐. 내가 떨 줄 알아? 네가 아무리 무서운 모습을 하더라도 나는 겁나지 않아. 어서 꺼져라! 이 징그러운 유령아! 실체도 없는 그림자야! 거짓 환영아! 어서 썩 물러가지 못할까!"

그러자 맥베스의 눈에서 뱅코의 유령이 사라졌다.

잔치는 파장이 날 수밖에 없었다. 모든 손님이 건성으로 인사하며 뿔뿔이 흩어졌다.

맥베스

왕비는 맥베스를 침실로 인도했다.


국왕 취임 축하연이 끝나고 얼마간 시간이 흘렀다. 날이 갈수록 맥베스는 폭군이 되어갔고 백성들은 공포에 사로잡혀 지냈다. 그러던 어느 날 궁전 밖에서 레녹스가 귀족 한 명과 이야기를 나누고 있었다.

"참 사태가 묘하긴 하군요. 인자하신 덩컨 왕이 갑자기 돌아가신 후 맥베스가 애통해하고……. 용감한 뱅코는 밤길을 돌아다니다가 죽었는데 아들은 도망가고……. 둘 다 아들들이 아버지를 죽인 셈이 되었네요. 너무 늦게 다니면 안 돼요. 맬컴과 도날베인이 아버지를 살해하다니 끔찍한 일이지요. 천벌을 받을 짓이지. 맥베스는 정말 비탄에 젖었고! 충정에 범인들을 단숨에 베어버리지 않았소? 참 훌륭한 처사였지요. 놈들이 잡아떼면 뗄수록 더 화가 치밀어 오르지 않을 수 없었을 거요. 맥베스가 모든 일을 보기 좋게 처리한 거지요. 두 왕자건 뱅코의 아들 플리언스건 붙잡히기만 하면 대가를 톡톡히 치르겠군요.

참, 그런데 맥더프가 바른말을 한 후 폭군이 베푸는 잔치에 참석하지 않았지요. 그래서 맥베스에게 단단히 미움을 샀고요. 어디론가 사라진 사람들이 지금 어디에 있는지 아십니까?"

"덩컨 왕의 아드님 컴벌랜드 왕자는 저 폭군에게 하늘로부터 부여받은 권리를 빼앗겼지요. 그분은 지금 잉글랜드 궁전에 계십니다. 에드워드 국왕이 그를 극진히 맞아주어 잘 지내고 있지요. 맥더프도 그분 곁으로 갔습니다. 맥더프는 노섬벌랜드와 시워드에게 도움을 요청하러 갔지요. 그들의 도움과 하느님의 보살핌으로 우리가 다시 평화와 참된 명예를 찾았으면 좋겠습니다. 컴벌랜드 왕자와 맥더프의 움직임에 대해 보고를 받은 맥베스 왕이 격노해서 한바탕 전쟁도 불사할 태세입니다."

# 4

　　　　　　스코틀랜드의 맥베스 궁전 근처에 세
마녀가 다시 등장해서 노래를 부르고 있었다. 마녀들은 맥베
스를 파멸로 이끌 저주의 말을 퍼부었다. 맥베스가 그녀들 앞
에 나타났다. 마녀들이 알 수 없는 힘으로 맥베스를 그곳으로
이끈 것이다. 맥베스는 그녀들에게 또다시 자신의 운명을 말
해달라고 주문했다. 그러자 갑자기 혼령들이 나타났다. 지옥
의 여신 헤카테가 마법을 부려 만든 혼령들이었다.

　첫 번째 혼령이 맥베스에게 말했다. 맥베스처럼 투구를 쓰
고 있었다.

　"맥베스! 맥베스! 맥더프를 경계하라. 파이프 영주를!"

맥베스가 혼령에게 말했다.

"네 정체가 어떻든 좋은 충고를 해주어 고맙다. 내 걱정거리를 정확히 맞혔구나."

그러자 혼령은 사라졌다.

이번에는 피투성이 아이 모습의 두 번째 혼령이 나타나서 말했다.

"맥베스! 잔인해라! 대담해라! 단호해라! 인간의 힘일랑 우습게 여겨라! 여자 몸에서 태어난 자가 맥베스를 해치는 일은 절대로 없을 것이다."

맥베스가 소리쳤다.

"그래, 나는 결코 맥더프가 두렵지 않다. 나는 그를 살려두지 않을 테다!"

두 번째 혼령이 사라지자 세 번째 혼령이 나타났다. 왕관을 쓰고 손에 나뭇가지를 들고 있는 어린아이 혼령이었다. 그 혼령이 말했다.

"사자 같은 기개로 용감해져라. 누가 화를 돋우든 반역자가 나타나든 개의치 마라. 버넘의 큰 숲이 던시네인 언덕으로 다가오기 전까지 맥베스는 영원히 패하지 않을 것이다."

혼령이 사라지자 맥베스가 말했다.

"그런 일은 절대 없을 거야. 어떻게 숲의 나무들이 통째로 뿌리 뽑혀 언덕으로 올 수 있겠어? 근사한 예언이야. 난 왕좌에 높이 앉아 천수를 누릴 거야. 하지만 한 가지 가슴 두근거리는 일이 있으니 물어보마. 과연 뱅코의 후손들이 이 나라를 다스리게 되는가?"

그러자 마녀들이 일제히 대답했다.

"더 이상 알려 하지 마라."

"난 기어이 알아야겠다. 만일 거절하면 너희에게 영원한 저주를 내리겠다. 어서 말해다오!"

마녀들이 일제히 대답했다.

"나타나라! 나타나서 보여줘라! 그의 마음을 어지럽혀라! 그림자처럼 나타났다가 사라져라."

그러자 여덟 명의 왕 형상이 나타났다. 마지막 왕은 손에 거울을 들고 있었고 뱅코가 뒤따랐다. 맥베스가 소리쳤다.

"넌 뱅코의 유령과 너무 닮았구나. 어서 썩 꺼져라! 네놈의 왕관에 내 눈알이 타오르는구나. 뭐야, 여덟 명이나 돼? 모두 뱅코를 닮았구나! 아, 무서운 광경이야. 이제 보니 사실이구

나. 머리칼에 피가 엉겨 붙은 뱅코가 날 보고 웃으며 자기 후
손들을 가리키고 있구나! 아!"

마녀들이 외쳤다.

"그래, 모든 게 사실이다. 그대가 놀랄 필요는 없다."

마녀들은 춤을 추며 사라졌다. 맥베스가 소리쳤다.

"어디로 가는 거냐? 어디로 사라진 거냐? 이 사악한 것
들……. 게 누구 없느냐!"

그 소리를 듣고 레녹스가 달려왔다.

"무슨 분부가 있으십니까, 전하?"

"마녀들을 보지 못했는가? 운명을 알려주는 그 자매들을?"

"저는 보지 못했습니다."

"그대 옆을 지나가지 않던가?"

"지나가지 않았습니다, 전하."

"이놈의 마녀들! 썩은 공기나 타고 가다가 몹쓸 병에나 걸려
버려라. 그들의 말을 믿는 자들은 모조리 지옥에나 떨어져라.
그런데 좀 전에 말발굽 소리가 들리는 것 같던데, 누가 왔나?"

"전하, 전령들입니다. 맥더프가 잉글랜드로 도망갔다는 소
식을 갖고 왔습니다."

맥베스

"뭐야? 맥더프가 잉글랜드로?"

"예, 전하"

그러자 맥베스가 혼잣말을 했다.

'이런, 내가 먼저 치려고 했는데 그놈이 선수를 쳤군. 좋다, 맥더프의 성을 공격해서 파이프를 접수하고 모조리 매운 칼 맛을 보여주마. 그자의 처자식과 혈족들 모두 칼날을 받을 거다.'

한편 파이프 성에서는 맥더프 부인과 아들, 그리고 로스가 함께 방 안에 앉아 이야기를 나누고 있었다.

맥더프 부인이 원망스러운 목소리로 말했다.

"대체 그이가 무슨 짓을 했다고 도망가야 했단 말인가요?"

로스가 말했다.

"참으셔야 합니다, 제수씨."

"참지 못한 건 내가 아니라 그이였어요. 도망가는 건 미친 짓이에요. 자기 혼자 두려워서 스스로 역적이 되다니!"

"두려움 때문에 도망간 건지 분별력이 있어서 도망간 건지 알 수 없지요."

"분별력이요? 처자식과 영지를 버리고 혼자 도망가는 게 분별력인가요? 그이는 처자식을 사랑하지도 않아요. 작디작은 굴뚝새도 자기 새끼를 지키기 위해서라면 올빼미에게 맞서는데……. 그이에게는 두려움만 있지 사랑은 없어요. 사리에 어긋나는 일을 저질렀는데 분별력이 있다고요?"

"제수씨, 좀 진정하십시오. 그는 고결하고 현명한 사람입니다. 우리나라 사정을 누구보다 잘 알고 있습니다. 자세한 말씀은 못 드리겠지만 참으로 고약한 세월입니다. 자신도 모르는 새 역적으로 몰리고, 다들 두려움에 질려 떠도는 풍문에 귀를 기울입니다. 하지만 정작 뭐가 두려운지는 아무도 모릅니다. 모두들 거칠고 사나운 바다 위를 목적지도 없이 표류하고 있는 형국입니다, 제수씨, 이만 실례하겠습니다. 곧 다시 찾아오겠습니다. 이 고비만 넘으면 다 정상이 될 것입니다. 우리 귀여운 조카, 잘 있으렴!"

맥더프 부인이 아들을 안으며 말했다.

"아, 넌 멀쩡히 아버지가 있으면서 아버지 없는 신세가 되었구나. 얘야, 네 아버진 돌아가신 셈이다. 이제부터 넌 어떻게 할 거니? 어떻게 살아갈 테냐?"

"새같이 살지요, 어머니."

"뭐? 벌레나 파리를 잡아먹으면서?"

"뭐든 닥치는 대로요. 새들도 그러잖아요."

"가엾어라. 아버지가 없으니……."

아들이 부인에게 물었다.

"아버진 역적이신가요, 어머니?"

"그래, 그렇단다."

"역적이 뭔데요, 어머니."

"음, 맹세한 후 그것을 어기는 사람. 거짓말한 사람."

"역적이 되면 다 목을 매달아 죽이나요?"

"그럼, 전부 목을 매달지."

"누가요?"

"그야 정직한 사람들이지."

"그럼 거짓말쟁이들은 정말 바보들이네! 그런 사람들이 정직한 사람들보다 훨씬 많은데……. 정직한 사람들을 때려누여서 목매달아 죽이면 되잖아!"

모자가 그렇게 이야기를 나누고 있을 때였다. 맥베스가 보낸 자객들이 은밀히 방안으로 들어왔다. 한 자객이 부인에게 물었다.

"주인은 어디 있소?"

부인이 쏘아붙였다.

"너희 같은 놈들이 찾아낼 수 있는 더러운 곳에는 없을것이다!"

"그자는 역적이오."

그러자 아들이 그에게 달려들었다.

"거짓말쟁이! 이 털보! 이 악당!"

"아니, 이 어린놈이! 송사리 역적 같은 새끼가!"

자객은 칼로 아들을 찔렀다. 어린 아들은 죽어가면서 소리쳤다.

"아, 어머니, 빨리 달아나요! 빨리"

맥더프 부인은 "살인이야!"라고 소리 지르며 밖으로 도망갔고 자객들이 뒤쫓았다.


한편 잉글랜드 궁전의 한 방안에서 맬컴과 맥더프가 은밀히 이야기를 나누고 있었다.

아버지를 잃고 살인자의 누명을 쓴 채 망명생활을 하고 있는 맬컴은 슬픈 얼굴을 하고 있었다. 맥더프가 우울한 얼굴의 맬컴을 보며 말했다.

"그렇게 슬퍼하며 울 때가 아닙니다. 그보다는 죽음의 칼을 들고 용사답게 쓰러진 조국을 일으켜 세울 때입니다. 스코틀랜드는 고통에 빠져 있으며 하늘까지 통곡 소리가 울려 퍼지고 있습니다."

"그래요? 당신 말이니 믿어도 되겠지요? 하지만 그 이름을 입에 올리기만 해도 우리 혀를 태우는 저 폭군도 한때는 정직한 사람이라고들 했지요. 당신도 그를 존경했고요. 게다가 그는 당신을 가만히 내버려두었지요. 당신은 아직 어린 나를 팔아 그의 환심을 살 수도 있을 겁니다. 노한 신을 달래기 위해서는 제물을 바칠 필요가 있으니까요."

"전 배신은 안 합니다."

"맥베스라면 그렇게 만들 겁니다. 선량하고 덕 있는 사람도 왕 앞에서는 굴복할 수 있는 법이지요. 내가 당신을 믿을 수 없다 해도 용서해주길 바라요. 제아무리 세상이 험해도 당신 같은 분이 변할 리는 없을 테지만."

맥더프는 맬컴이 자신을 의심하며 허약한 소리만 하자 절망했다.

"왕자님이 저를 의심하시다니. 이제 저는 희망을 잃고 말았습니다."

"바로 그 때문에 내가 의심하는 겁니다. 당신은 왜 작별 인사도 없이 처자식을 떠난 거죠? 왜 그들을 그렇게 위험한 곳에 내버려두고 떠난 거요? 내가 당신을 모욕하기 위해 의심하는 게 아니라 내 안전을 위해 그러는 걸로 알아주시오. 내가 어떻게 생각하든 당신만 올곧으면 될 것 아니오."

말은 그럴듯하게 하면서도 전혀 의심을 거두지 않는 말투였다. 그러자 맥더프가 분노해서 소리쳤다.

"불행한 조국아, 피 흘려라! 무서운 폭정아! 더욱 튼튼해져라! 정의는 힘이 없다! 너의 권리는 영원하다! 저는 이만 물러가겠습니다. 다만 한 가지, 이 세상을 다 준다 해도 저는 왕자님이 생각하는 그런 사람은 되지 않을 겁니다."

맬컴이 다시 말했다.

"노여워 마시오. 내가 그대를 못 믿어서 하는 말이 아니오. 나 역시 폭압에 짓눌려 있는 조국을 생각할 때마다 피눈물을 흘리오. 그러나 나를 위해 함께 일어날 사람들도 많으리라 생각하며 위안을 얻고 있소. 또 인자한 잉글랜드 왕께서 정예 병력 수천 명을 지원해주시겠다고 하오. 하지만 이 폭군을 제압한 뒤에는? 과연 우리 조국이 평화를 찾을까요? 후계자의 폭정으로 더 고통받지 않겠소?"

"도대체 그 후계자는 누구를 말씀하시는 겁니까?"

"바로 나요. 나에겐 온갖 악덕들이 많소. 내가 지배하면 백성들은 오히려 맥베스가 깨끗하고 선했다고 여기게 될 거요."

"저 무서운 지옥의 악마 무리 가운데도 맥베스를 능가할 악마는 없습니다."

"나도 그놈이 온갖 악덕이란 악덕은 다 지녔단 걸 알고 있소. 놈은 잔인하고 음탕하며 탐욕스럽지요. 거짓되고 사기꾼 같으며 사악하지요. 그런데 나는 어떤지 아시오? 난 끝없는 욕정에 시달리고 있소. 이 세상 여자를 다 준다 해도 만족할 줄 모를 정도로. 이런 나보다는 그래도 맥베스가 낫지 않겠소."

"무절제한 방탕 때문에 수많은 왕이 몰락의 길을 걸었던 건 사실입니다. 하지만 그렇다고 왕자님이 자기 자리를 되찾는 데 두려움을 가질 필요는 없습니다. 일단 그 자리를 차지하고 나면 자진해서 왕자님께 몸을 바칠 여자들이 넘쳐날 테니까요."

"그뿐이 아니오. 나는 탐욕스럽기 그지없소. 내가 왕이 된다면 수많은 귀족들을 죽이고 영지를 빼앗으려들 것이오. 충신들을 이간질하여 싸우게 만들고 재산을 빼앗을 거요."

"탐욕이 색정보다 더 나쁜 악덕인 것은 틀림없습니다. 하지만 걱정하실 필요 없습니다. 스코틀랜드 왕실의 재산만으로도 충분히 그 욕심을 채워줄 수 있으니까요. 왕자님의 다른 미덕이 그 악덕을 가려줄 수 있을 겁니다."

"내게는 도무지 미덕이라 할 만한 게 없소. 왕에게 필요한 정의감, 진실성도 없소. 절제할 줄도 모르고 지조도 없으며 너그럽지도 않소. 그뿐이 아니오. 끈기도 없고 자부심도 없으며 겸손하지도 않소. 경건함과 인내심, 용기 같은 건 눈을 씻고 찾아봐도 찾을 수 없소. 만일 내가 스코틀랜드 왕이 된다면 나라의 안녕을 해칠 것이며 스코틀랜드는 전보다 훨씬 더한 고난을 겪을 것이오."

그러자 맥더프가 하늘을 우러러 탄식했다.

"오, 스코틀랜드여!"

맬컴이 다시 맥더프에게 말했다.

"자, 이런 자가 스코틀랜드를 통치할 자격이 있소? 솔직히 말해보시오."

"통치할 자격이 있냐고요? 살아 있을 자격도 없지요. 오, 비참한 조국! 그럴 권리도 없는 폭군이 왕관을 쓰고 있는 조국! 병에 신음하고 있는 조국! 언제 다시 건강을 되찾을 수 있을까! 왕좌에 앉아야 할 사람이 스스로를 저주하고 혈통을 능멸하고 있으니 너의 앞날은 어찌 될까!

돌아가신 왕께서는 성자와 같은 분이셨습니다. 왕자님을 낳은 왕비님은 언제나 겸손을 잃지 않은 현명한 분이셨지요. 그런 분들에게서 왕자님 같은 사람이 나오다니! 안녕히 계십시오! 난 이제 스코틀랜드로부터 영영 추방된 셈입니다. 왕자님 스스로 고백한 그 죄상들이 저를 그렇게 만들었습니다. 아, 답답한 가슴! 희망은 이제 끊어져버렸구나."

그러자 맬컴이 얼굴빛을 고치며 자세를 바로잡고 말했다.

"맥더프 경, 나를 용서하시오. 그대를 시험해봤소. 지금 내 처지에서 함부로 사람을 믿을 수 있겠소? 그대의 고결함이 내 마음의 의혹을 깨끗이 지웠소. 악마 같은 맥베스가 갖가지 술책으로 날 해치려 하니 성급하게 사람을 믿을 수 없었던 거요.

자, 내 스스로 했던 험담은 다 취소하오. 모두 내 본성과는 거리가 먼 악덕들이오. 나는 아직 여자를 모르는 동정이오. 나는 내가 갖고 있는 물건도 탐낸 적이 없소. 거짓말을 해본 적도 없소. 내가 당신에게 한 말, 나에 대해 한 말, 그게 처음으로 해본 거짓말이오.

이제 나는 당신과 가련한 내 나라를 구하겠소. 사실을 밝히겠소. 당신이 오기 조금 전에 노장 시워드가 먼저 싸움터로 출발했소. 우리가 합류하면 틀림없이 성공할 것이오."

맥더프는 너무 감격해서 말을 잃었다.

그때 전령이 들어와 스코틀랜드로부터 로스 경이 도착했다는 보고를 했다. 로스가 방으로 들어오자 맥더프가 기쁨의 탄성을 질렀다.

"아, 언제나 고결한 우리 사촌 형님, 어서 오세요."

맬컴과 맥더프가 스코틀랜드 소식을 묻자 로스가 대답했다.

"아, 비참한 조국! 제 모습을 알아볼 수조차 없게 되었습니다! 이제 우리 모국은 나라라기보다는 무덤처럼 변했답니다. 무지한 자를 제하고는 모두 웃음을 잃었으며 탄식과 신음이 천지를 덮고 있어요. 장례의 종소리가 울려도 누가 죽은 건지 묻는 사람이 아무도 없고, 착한 사람의 목숨은 모자에 꽂은 꽃보다 더 빨리 시들어버립니다."

맥더프는 로스에게 가장 궁금한 것을 물었다.

"형님, 제 아내는 어떻게 되었습니까?"

로스가 어두운 얼굴로 대답했다.

"그저, 무사히 지낸다네."

"애들도요?"

"음, 무사하다네."

"자, 그러면 그곳 상황을 말씀해주세요."

"내가 그곳을 떠날 때 수많은 뜻있는 사람들이 폭정에 항거하려고 들고 일어섰다고 하더군. 폭군은 당연히 군대를 출동시켰고. 자, 지금이 나서서 도울 땝니다. 왕자님 모습만 보아도 군사들이 모여들 것이고 여자들까지 앞장서서 싸울 겁니다."

맬컴이 말했다.

"자, 이제 갑시다. 로스 경, 나 혼자가 아니오. 잉글랜드 왕께서 시워드 장군과 1만 명의 병사를 내주었소. 시워드 장군은 세상에서 제일 노련한 명장이오."

하지만 로스의 얼굴은 밝아지지 않았다. 그가 탄식하며 말했다.

"아, 왕자님의 말씀에 안도의 기쁨을 보일 수 있다면 좋겠습니다! 아무도 듣지 못할 허공에 대고 소식을 전할 수만 있다면!"

아까부터 로스의 표정에서 심상치 않은 느낌을 받은 맥더프가 물었다.

"형님, 뭔가 제게 전할 소식이 있군요?"

"이 소식을 전하는 내 혀를 용서해주길. 차마 입 밖에 내기 어려운 비참한 소리를 전해야 하니……."

"듣지 않아도 짐작이 됩니다. 어서 말씀해주세요."

"자네의 파이프 성이 기습을 받아 부인과 아이들이 처참하게 살해되었네."

맥더프는 머리를 쥐어뜯으며 하염없이 눈물을 흘렸다.

"아, 죄 많은 놈, 맥더프! 바로 너 때문에 그들이 죽었다. 사랑하는 아내와 자식들이 다 죽었어. 정말 나쁜 놈은 바로 나다! 죄 없는 영혼들아, 부디 편히 쉬기를!"

맬컴이 그를 달랬다.

"위대한 복수의 약으로 그 비탄을 치료합시다. 비탄을 분노로 바꿉시다."

그러자 맥더프가 결연한 목소리로 말했다.

"여자처럼 울면서 비탄에 젖은 탄식을 내뱉을 수만 있다면! 그러나 지금은 그럴 때가 아니다. 오, 하늘이시여! 한시라도 빨리 저 스코틀랜드의 악마와 정면으로 맞서게 해주십시오. 그놈을 제 칼끝이 닿는 곳에 놓아주십시오. 그놈이 칼끝에서 벗어난다면 하느님이 용서하신 것으로 알겠습니다."

맬컴이 말했다.

"정말 장하오. 자, 이제 잉글랜드 왕께 작별을 고하러 갑시다. 우리 군은 준비가 끝났소. 하늘도 우리를 격려하고 있소. 자, 우리 모두 온 힘을 끌어올립시다. 희망의 아침을 기다리는 사람들에게 밤은 짧게 끝나는 법이오."

# 5

　　잉글랜드군이 쳐들어온다는 소식을 들은 맥베스 군대는 던시네인 성에 집결해 있었다. 맥베스는 싸움터인 던시네인 언덕에 진을 치고 있었고 왕비는 성안에 남아 있었다. 성내에는 왕비가 몽유병에 걸렸다는 소문이 퍼져 있었다. 왕비를 곁에서 모시는 시녀가 전의를 만나 사실을 전했다.

　　"전하께서 출정하신 후의 일이에요. 왕비께서 밤에 갑자기 침상에서 일어나더니 잠옷을 걸치셨어요. 장롱을 열고 종이를 꺼낸 다음 그 위에 뭔가를 쓰셨지요. 그러더니 그걸 봉인하고 다시 침상으로 가시더군요. 그런데 그렇게 움직이는 동안에도 내내 깊은 잠에 빠져 계셨어요. 거의 매일 밤 그러세요.”

전의가 시녀에게 물었다.

“무슨 특이한 행동이나 말은 없던가?”

“언제나 손을 씻는 시늉을 하셨어요. 그러고는 ‘지워져라, 이 망할 놈의 저주 받은 자국아!’라고 소리치셨어요. 그리고 마치 누구에겐가 말을 하는 것 같았는데……. 자세히는 모르겠지만 ‘전하, 전사면서 뭐가 두려운 거예요?’라는 말도 한 것 같고, ‘그런 늙은이 몸에 피가 그렇게 많을 줄 누가 생각이나 했겠어요?’라고 한 것 같기도 해요. 얼른 병이 나으셔야 할 텐데.”

전의가 말을 받았다.

“그 병은 내 힘으로는 고칠 수 없어. 왕비님께 필요한 건 의사가 아니라 신부야. 아, 내 의식이 혼미해지고 눈도 혼란스럽기만 하구나. 생각은 있어도 말할 수가 없어. 하지만…… 나는 어쩔 수가 없어.”

한편 던시네인 근처의 시골 마을에서는 맥베스에게 대항해 반란을 일으킨 장군들이 모여 회의를 하고 있었다. 지휘 역할

## 맥베스와 맥베스 부인

1936년 미국 뉴욕 할렘의 레피에트 극장에서 공연한 연극 「맥베스」의 한 장면. 잭 카터와 에드너 토머스가 맥베스와 맥베스 부인 역을 맡았다. 『맥베스』에는 흥미로운 미신이 있다. 어떤 연극 관계자들은 '맥베스'라는 이름을 언급하면 공연 도중 안 좋은 일이 생긴다고 믿는다. 그래서 작품 이름을 직접 그대로 말하지 않고 '스코틀랜드 연극(the Scottish play)' 또는 '맥비(MacBee)'라고 부른다. 또 등장인물도 '미스터 앤드 미시즈 엠(Mr. and Mrs. M)' 또는 '스코틀랜드 왕(The Scottish King)'이라고 표현한다. 이것은 셰익스피어나 이 작품 교정자들이, 작품 속에 진짜 마녀들의 마법을 사용했다고 알려져 있기 때문이다. 소문에 따르면 마녀들을 화나게 만들어 그 작품에 저주를 내리게 하는 마법이라고 한다.

을 맡은 멘티스 장군이 말했다.

"잉글랜드 군대가 가까이 왔소. 선봉은 맬컴과 그의 숙부 시워드, 그리고 맥더프요. 모두 복수심에 불타고 있어 기세가 등등하오."

앵거스가 말했다.

"우리 버넘 숲 근처에서 합류합시다. 그들이 그쪽으로 올 테니 만날 수 있을 거요."

다시 멘티스가 물었다.

"폭군의 군대는 지금 어떻게 하고 있소?"

케스니스 장군이 말했다.

"던시네인 언덕에 진을 치고 있다 하오. 그가 미쳤건, 만용을 부리는 것이건, 더 이상 이 나라를 그의 손에 맡길 수는 없습니다. 자, 진군합시다. 우리가 진정으로 충성을 바칠 분이 오고 있습니다. 우리의 피를 아낌없이 쏟아 그 피로 이 나라를 정화합시다!"

그들은 병사들을 지휘하며 버넘 숲을 향해 진군했다.


던시네인 언덕에 진을 치고 있는 맥베스에게 전령들이 시시로 적군 동향을 보고했다. 그는 맬컴과 맥더프와 함께 시워드 장군 휘하의 잉글랜드 병사 1만 명이 진격 중이라는 보고를 받았다. 그가 외쳤다.

"보고는 그만해라. 도망칠 놈은 다 도망가도 좋다. 버넘 숲이 던시네인 언덕으로 오기 전에는 겁날 것 하나도 없다. 운명의 여신들이 내게 말해주었다. 애송이 맬컴이 뭔데? 그놈도 여자 몸에서 태어난 놈 아닌가? 인간의 생사를 다 아는 정령들이 내게 말했다. 여자가 낳은 자는 절대로 나를 이길 수 없다고. 가버려라, 믿지 못할 영주 놈들아! 가서 잉글랜드 놈들과 한 패가 되어라. 놈들과 어울려 쾌락에 빠져라. 나는 하나도 두렵지 않다. 여봐라, 세이턴!"

그는 큰 소리로 세이턴을 불렀다.

세이턴이 맥베스의 막사로 들어왔다.

"부르셨습니까, 전하."

"정세가 어떤가? 별다른 소식은 없느냐?"

"보고 드린 그대로입니다, 전하."

"내가 직접 나가 싸우겠다. 갑옷을 이리 줘. 기마병들을 전국으로 보내어 군사를 더 징집하라. 무섭다는 놈들은 교수형에 처하고."

그때 전의가 안으로 들어왔다. 맥베스가 그에게 물었다.

"왕비의 병세는 어떻소?"

"예, 병이라기보다는 환영에 시달리셔서 편히 쉬지를 못하십니다."

"글쎄 그걸 고치라는 거 아냐! 왕실 의사로서 그것 하나 못 고친단 말인가? 왕비의 가슴을 짓누르는 것들을 씻어내지 못한단 말인가?"

"그건 왕비님 스스로만이 하실 수 있는 일입니다."

"제길, 그놈의 의술 따위는 개에게나 던져줘라. 자, 내게 갑옷을 입혀라. 내 창을 이리 주고. 나가 싸우겠다. 던시네인 언덕으로 버넘 숲이 올 때까지는 설사 내가 죽는다 해도 나는 두렵지 않다!"


맬컴 진영 병사들이 던시네인 근처까지 행군해 왔다. 숲이 앞에 있었다. 시워드가 숲을 가리키며 옆의 병사에게 물었다.

"우리 앞에 보이는 저 숲이 무슨 숲인가?"

병사가 대답했다.

"버넘 숲입니다."

그러자 맬컴이 병사들에게 지시했다.

"모든 병사들은 나뭇가지를 하나씩 꺾어 들도록 해라. 그걸 앞쪽에 세워 들고 위장하라. 적군 정찰병이 우리 군대의 숫자를 잘못 보고하게 만들어라."

시워드가 말했다.

"저 자신만만한 폭군은 절대로 공격해 오지 않을 겁니다. 던시네인 언덕에 진을 치고 우리가 공격해 오기를 기다리고 있을 것이오. 어떤 수를 쓰건 그곳을 지켜내려 할 겁니다."

맬컴이 말했다.

"그자의 희망일 뿐이지요. 모두 기회만 있으면 달아나거나 모반하려 하고 있소. 어쩔 수 없이 남아 있는 자들도 마음은 이미 떠나 있소. 그자를 도울 자들은 아무도 없소."

맥더프가 말했다.

"상황이 어떻든 우리는 군인의 임무를 다하면 됩니다."

시워드가 드디어 전군을 향해 말했다.

"이제 때가 되었다. 결과는 하늘만이 아실 것. 자, 모두 진격하라!"

맥베스 진영에서는 맥베스가 미친 듯이 병사들을 독려하고 있는데 세이턴이 다급한 표정으로 나타났다.

"무슨 일인가, 세이턴?"

"전하, 왕비께서 운명하셨습니다."

"그래? 안타까워할 것 없다. 인생이란 잠시 깜빡이는 촛불에 불과한 것! 그림자가 걸어가는 것에 불과한 것! 가련한 배우 같은 것! 한동안 무대에서 활개를 치다가 시간이 되면 영영 사라져 잊히고 마는 것! 백치가 떠들어대는 헛소리 같은 것! 아무리 고래고래 소리를 질러봐야 아무 의미도 없는 것!"

그때 전령이 황급히 달려 들어왔다.

"이번엔 무슨 일이냐? 혓바닥을 놀리고 싶어서 온 것 아니냐? 어서 말해보아라!"

"전하, 제 눈으로 본 것을 그대로 보고 드려야 하나, 어떻게 말씀을 드려야 좋을지……."

"뭐든 상관없다. 어서 말해봐라."

"제가 언덕에서 망을 보고 있었습니다. 그러다 버넘 숲 쪽을 바라보니 느닷없이 숲이 움직이는 것 같았습니다."

"뭐야! 이 고얀 놈! 어디서 그런 새빨간 거짓말을!"

"전하, 제가 거짓말을 하는 것이라면 당장 죽어도 좋습니다. 저 앞에서 버넘 숲이 언덕을 향해 오는 게 보입니다. 숲이 움직입니다."

"네 말이 거짓이라면 산 채로 나무에 매달아 굶어죽거나 말라 죽게 만들겠다. 아, 악마의 예언이 두려워지기 시작하는구나. 던시네인 언덕으로 버넘 숲이 올 때까진 걱정하지 말라고 했지. 자, 무기를! 어서 무기를! 모두 출전하라! 이놈 말이 사실이라면 도망갈 수도 없을 테니. 아, 이제 태양조차 보기가 싫다! 온 우주가 그만 끝장났으면! 파멸아, 어서 오라! 적어도 갑옷은 입은 채 죽음을 맞겠다."

맬컴 군대는 성 앞 벌판까지 진격했다. 맬컴이 병사들에게 명령했다.

"자, 이제 충분히 가까이 왔다. 위장했던 것을 버리고 본모습을 보여라. 숙부께선 아드님과 함께 선봉에 서주기 바랍니다. 맥더프와 나는 나머지 임무를 수행할 테니."

시워드가 병사들을 이끌고 나서며 말했다. 시워드의 아들도 함께 선봉에 섰다.

"자, 병사들아 나를 따르라! 폭군의 병사들을 응징할 때가 되었다!"

맥더프가 전군에 명했다.

"나팔을 불어라! 힘차게 불어라!"

버넘 숲이 움직인다고 하니 맥베스는 마냥 언덕에 머물러 있을 수가 없었다. 그는 무장하고 벌판으로 나섰다. 따르는 병사가 하나도 없이 홀로였다. 한편 시워드의 아들은 아버지보다 앞서 벌판을 향해 진격했다. 제일 먼저 맥베스를 발견한 그는 젊은 혈기에 단신으로 맥베스에게 달려들었다. 그러나 그는 맥베스의 적수가 되지 못했다. 몇 번 겨루지도 못하고 맥베스의 칼에 죽었다. 하지만 그뿐, 맥베스를 따르며 성을 지키려는 군사는 전무했다. 맬컴의 군대는 아무 저항도 받지 않고 성 안으로 들어갈 수 있었다.

벌판에 홀로 남은 맥베스는 하늘을 향해 부르짖었다.

"나는 결코 도망가지 않겠다! 스스로 목숨을 끊지도 않겠다! 운명아, 어서 오라!"

한편 맥더프는 맬컴과 시워드와 함께 성으로 들어가지 않고 맥베스를 찾아 벌판을 헤매고 다녔다. 마침내 그는 검을 들고 홀로 서 있는 맥베스를 발견했다. 그가 맥베스를 향해 외쳤다.

"돌아서라, 이 지옥의 마귀 같은 놈아!"

맥베스가 말을 돌려 그를 보았다.

"나는 너만은 만나고 싶지 않았다. 물러서라! 내 영혼은 이미 네 일족의 피로 너무 무거워졌다."

"말이 필요 없다. 이 칼이 바로 내 말을 대신할 것이다. 이 극악한 악당! 이 잔인한 놈!"

둘은 칼을 맞부딪히며 싸웠다.

맥베스가 칼을 휘두르며 말했다.

"헛수고 하지 마라. 네 칼로는 이 몸에 상처를 입힐 수 없어. 난 불사신이야. 여자의 몸에서 태어난 자는 나를 굴복시킬 수 없어."

"불사신이라고? 그 따위 마법에 기대지 마라. 내가 바로 여자의 몸에서 태어나지 않았다는 걸 모르느냐? 네가 섬겨왔던 수호신이 너에게 말해줄 것이다. 맥더프는 자기 어미의 자궁을 스스로 일찍 찢고 나왔다고."

맥더프의 말을 들은 맥베스는 그만 기가 꺾이고 말았다.

"그 잘난 마녀들의 혓바닥, 저주나 받아라. 아, 사람들아, 악마들은 사기꾼이니 그놈들을 믿지 마라. 그놈들은 결국 우리를 속이고야 만다. 약속을 지키는 척하다가 결국에는 깨버리는구나! 맥더프, 나는 너와 싸우기 싫다."

"비겁한 놈, 그렇다면 살려줄 테니 항복하라. 살아남아서 이 세상 웃음거리가 되어라. 네놈 목을 장대에 매달아 그 아래 '이 폭군을 보라'라고 써서 온 세상에 내보일 테니."

"항복하라고? 이 맥베스가? 풋내기 맬컴의 발아래 엎드려 땅을 핥으라고? 잡놈들이 퍼붓는 욕을 받고 있으라고? 던시네인 언덕으로 버넘 숲이 왔고, 네놈이 여자가 낳은 게 아니라 하더라도 나는 끝까지 싸우겠다. 자, 와라, 맥더프!"

둘은 다시 싸움을 시작했다. 그러나 이미 기세가 꺾인 맥베스는 맥더프의 상대가 되지 못했다. 그는 맥더프의 칼날에 결국 최후를 맞았다.

맬컴 일행은 성을 점령한 뒤 승리를 축하하고 있었다. 별 피해 없이 성을 함락시킨 데 대해 다들 기뻐했다. 단 한 명 시워드의 아들이 맥베스 손에 죽은 것이 커다란 손실이고 슬픔이었다. 시워드는 아들의 죽음을 하느님의 뜻으로 받아들였다.

그때 맥더프가 맥베스의 머리를 들고 성안으로 들어섰다.

"맬컴 국왕 만세! 자, 보십시오. 찬탈자의 머리를! 이제 다시 천하가 태평해졌습니다. 자, 모두 환호합시다. 스코틀랜드 왕, 만세!"

모두 만세를 불렀고 요란한 나팔 소리가 울려 퍼졌다.

나팔 소리가 잦아들자 맬컴 왕이 말했다.

"과인은 즉시 그대들의 충성심에 보답하겠소. 친척 영주 여러분, 여러분을 백작에 임명하오. 스코틀랜드에서 처음 내리는 영예로운 칭호요. 과인은 나라를 바로잡기 위해 급한 일을 즉시 처리하겠소. 폭정을 피해 밖으로 망명한 동지들을 고국으로 부르겠소. 그리고 저 악마 같은 왕의 앞잡이 노릇한 자들을 밝혀내겠소. 그런 후 우리 스코틀랜드를 위해 새롭게 시작할 일, 계속 더 해야 할 일을 해나갈 것이오. 이 모든 일들을 하느님의 은총 속에서 때와 무게에 따라 처리할 것이오. 여러분 한 사람 한 사람 모두에게 감사하오. 다들 스쿤에서 거행될 대관식에 참석해주기를 바라오."

# 리어 왕 King Lear

# 1

　　　　　이곳은 브리튼 왕국 리어 왕의 궁전.
리어 왕이 자신의 세 딸과 대신들을 모두 모이라고 명령했다.
연로한 그는 세 딸에게 국토를 나누어 주고 왕위에서 물러나
기로 결심했다. 리어 왕과 딸들이 궁정에 나타나기 전에 대신
인 켄트 백작과 글로스터 백작이 미리 와서 이야기를 나누고
있었다.

　켄트 백작이 글로스터 백작에게 말했다.

　"국왕께서는 콘월 공작보다 올버니 공작을 더 총애하시는
것 같지 않소?"

　올버니 공작은 리어 왕의 맏딸인 고너릴의 남편이었고, 콘

월 공작은 둘째 딸인 리건의 남편이었다.

"언제나 그래 보이긴 했지요. 하지만 왕국을 분할하는 일에서는 누구를 더 높이 평가하시는지 모르겠소이다."

"아, 저기 오는 게 공의 아드님 아니오?"

"내가 먹여 살린 놈이 맞긴 하지요. 하지만 녀석을 아들로 인정할 때마다 얼굴이 붉어진다오."

"무슨 말씀이신지?"

"실은 내가 저놈 어미와……. 그러더니 배가 불러와서……. 그녀는 침대에서 남편을 맞이하기도 전에 요람 속에 아기를 갖게 된 거지요. 잘못한 짓이지요?"

"그런 일이 없었기를 바랄 생각은 없군요. 덕분에 저런 멋진 결실을 보셨으니……."

"하지만 제게는 합법적인 아들이 하나 더 있습니다. 저놈보다 한두 살 위지요. 그렇다고 그 애를 더 귀여워하지는 않지만."

그들이 대화를 나누는 사이 글로스터 백작의 둘째 아들 에드먼드가 그들 곁으로 왔고, 글로스터 백작은 켄트 백작에게 아들을 인사시켰다.

그때 트럼펫 소리가 울리며 리어 왕이 올버니 공작과 콘월 공작, 그리고 세 딸을 대동하고 등장했다. 시종들이 그들을 수행하고 있었다.

글로스터 백작을 보자 리어 왕이 그에게 명령했다.

"글로스터 백작, 프랑스 왕과 버건디 공작을 들라 하라."

명을 받은 글로스터 백작이 에드먼드와 함께 궁정 밖으로 나가자 리어 왕이 세 딸과 사위들, 켄트 백작이 있는 앞에서 말했다.

"그들이 오기 전에 짐의 숨은 뜻을 밝히겠다. 그 지도를 가져오라. 짐은 왕국을 셋으로 나누었다. 이제 내 연로했으니 모든 것을 힘 좋은 젊은이들에게 넘겨주고, 가벼운 마음으로 죽음을 향해 천천히 기어가겠다. 짐의 사랑하는 사위 올버니 공작과 콘월 공작은 들어라. 나는 이 자리에서 짐의 딸들이 어떤 재산을 가질지 공표하겠다. 또한 막내딸에게 구애를 하며 오랫동안 이 궁정에 머물러온 프랑스 국왕과 버건디 공작도 공표를 듣게 될 것이다.

자, 딸들아, 말해봐라. 누가 짐을 가장 사랑하는지? 짐은 너희의 효성을 기준으로 그에 합당한 보상을 내리겠다. 첫째인 고너릴이 먼저 말해보아라."

그러자 고너릴이 나서서 말했다.

"전하, 저는 이루 말로 표현할 수 없을 정도로 전하를 사랑합니다. 제 눈에 보이는 것 너머까지 무한히 사랑합니다. 그 어떤 자유보다 소중하게 사랑합니다. 제아무리 값나가는 것, 귀한 것이라도 제 사랑에는 못 미칩니다. 은총과 건강과 아름다움과 명예를 지닌 삶 못지않게 전하를 사랑합니다. 그 어떤 말과 행동도 뛰어넘을 정도로 전하를 사랑합니다."

그 말을 듣고 있던 막내딸 코딜리어가 낮게 혼잣말을 했다.

"나는 무슨 말을 하지? 사랑은 침묵인데."

고너릴의 말을 들은 리어 왕의 얼굴이 환해졌다. 그가 말했다.

"이 영토 중 이 선부터 이 선까지 이제 모두 네 소유다. 그 늘진 산림과 풍요로운 들판, 윤택한 강과 드넓은 평야가 네 소유가 될 것이다. 자, 이제 사랑하는 딸 리건이 말해보아라."

"전하, 제 마음은 언니와 똑같습니다. 언니는 제가 진심으로 지닌 사랑을 고스란히 대신 말해주었어요. 다만 언니는 이 말만은 빠뜨린 셈이랍니다. 저는 제가 누릴 수 있는 모든 다른 기쁨은 오로지 적으로 여길 뿐, 오직 전하의 사랑 속에서만 행복을 누릴 수 있습니다.”

그러자 코딜리어가 어쩔 줄 모르고 또 중얼거렸다.

“아, 어쩌지? 하지만 괜찮아. 내 사랑은 분명 내 입보다는 무거울 테니까.”

리어 왕이 리건을 향해 말했다.

“너와 네 후손에게 네 언니에 못지않은 왕국의 3분의 1을 영구히 넘기마. 자, 이제 사랑하는 막내딸 코딜리어가 말해보아라.”

“없습니다, 전하.”

“없어?”

“예, 없습니다.”

“없음으로부터는 없음만 나올 뿐이다. 다시 말해봐라.”

“제가 비록 불운하지만, 제 마음을 입에 담지 못하겠습니다. 저는 전하를 제 도리에 따라 사랑할 뿐, 그 이상도 그 이하도 아닙니다.”

리어 왕의 얼굴에 노기가 나타나기 시작했다. 그러나 그는 노여움을 지그시 누르고 다시 말했다.

"뭐라고, 코딜리어? 말을 좀 고칠 수 없겠느냐? 네 행운을 망쳐놓지 않으려면……."

"전하, 전하는 저를 낳아주시고 키워주시고 사랑해주셨습니다. 저는 그에 합당한 보답의 의무로 전하께 복종하고 전하를 사랑하며 전하를 존경합니다. 언니들은 아버지만 사랑한다고 하면서 왜 남편이 있는 거지요? 제가 만일 결혼을 하면 그분은 제 사랑과 의무의 절반을 가져갈 것입니다. 저는 언니들처럼 아버지만 언제까지나 사랑하는 그런 결혼은 결코 하지 않을 것입니다."

"너, 지금 진심으로 하는 말이냐?"

"예, 전하."

"어린 것이 어찌 이토록 방자하단 말이냐."

"전 어리지만 진실합니다."

드디어 리어 왕의 분노가 폭발했다.

"그래, 마음대로 해라. 네 진실이 네 지참금이다. 이제부터 맹세코 너와 나는 남남이다. 저 야만족이나, 제 욕심에 제 새끼를 잡아먹는 놈이라도 너보다 멀리 대하진 않겠다."

그러자 옆에서 보고 있던 충신 켄트 백작이 앞으로 나서며 한마디 하려 했다. 그러자 리어 왕이 추상같이 소리쳤다.

"가만있지 못할까, 켄트 백작! 분노한 용 앞에 나서지 마라. 나는 저 애를 사랑했고, 내 남은 생애를 저 애의 보살핌에 맡기려 했다."

이어서 리어 왕은 코딜리어를 향해 말했다.

"가라, 내 눈앞에서 사라져라. 어서 프랑스 왕을 불러라. 버건디 공작을 불러라. 셋째에게 주려던 지참금은 모두 첫째와 둘째 몫이다. 저 애는 솔직함과 결혼하게 해. 콘월 공작과 올버니 공작, 그대들에게 내 모든 권력을 부여하겠다. 짐은 한 달씩 번갈아 100명의 기사를 대동하고 그대들의 성에서 머물겠다. 기사들 비용은 자네들 부담이다. 앞으로 짐은 단지 왕이라는 명칭만 가질 것이며 통치권과 조세권, 집행권 모두 사랑하는 사위들, 그대들 몫이다."

그러자 켄트 백작이 다시 나섰다.

"전하, 소신이 언제나 왕으로서 존경해왔고, 아버지처럼 사랑해왔고, 주인으로 섬겨온 전하!"

리어 왕이 노한 얼굴로 소리쳤다.

"활은 이미 구부려졌고 화살은 당겨졌다. 화살을 피해라."

켄트 백작이 조금도 물러서지 않고 당당하게 말했다.

"차라리 쏘아서 내 심장을 뚫어버리시오. 리어 왕이 미쳤으니 켄트 백작이 무례할 수밖에! 이 노인네! 도대체 무슨 짓을 한 거요? 권력이 아첨에 허리를 굽힐 때, 충신이 두려워 말을 못 할 줄 아시오? 주상이 미쳤을 때는 직언을 하는 것이 명예로운 일이오. 어서 이 끔찍하고 경솔한 행동을 멈추시오. 내 목숨 걸고 판단컨대, 막내딸의 사랑은 결코 언니들 못지않으며, 공허하게 큰 소리를 내지 않는다고 해서 그녀의 마음이 비어 있는 것은 아니오."

"목숨이 아깝거든 입 닥치지 못할까!"

"내 목숨은 언제나 당신의 적과 싸울 때의 담보물이라고 생각했으니, 아까울 것 하나 없소. 중요한 건 언제나 당신의 안전이었지."

리어 왕은 노여움에 그를 당장에 죽이고 싶었지만 그동안의 공을 생각해서 꾹 참고 말했다.

"켄트 백작! 더 이상 내 눈에 띄지 마라."

그러자 켄트 백작이 왕을 똑바로 쳐다보며 말했다.

"오히려 나를 똑바로 보시오! 그리고 언제나 당신 눈의 참

된 과녁으로 삼으시오."

드디어 분노가 폭발한 리어 왕이 칼에 손을 대며 외쳤다.

"이런 발칙한 놈!"

그러자 올버니 공작과 콘월 공작이 왕을 말렸고 왕이 화난 목소리로 외쳤다.

"이 불충한 놈, 들어라! 감히 오만하게 짐이 내린 판결과 권한에 맞서려 하다니! 네게 닷새를 주겠다. 그동안 어디로든 떠날 준비를 해라. 그리고 엿새째 되는 날 이 왕국을 떠나라. 만약 그 이후 네 몸뚱이가 짐의 영토 안에서 발견된다면 너는 죽은 목숨이다. 어서 가라!"

켄트 백작은 왕으로부터 등을 돌리고는 코딜리어를 향해 말했다.

"신들께서 공주님을 보호해주시길! 올바르게 생각하고 올바른 말을 하신 분!"

이어서 그는 고너릴과 리건에게 말했다.

"당신들의 미사여구가 제발 행동으로 이어지길! 사랑이라는 말에서 좋은 결실이 맺어지길! 자, 켄트는 여러분 모두에게 작별을 고하고 떠납니다. 이제 나는 새로운 나라에서 옛길을 걸어가겠소."

그 말을 남기고 켄트 백작은 궁정 밖으로 나갔다.

그가 나가자 글로스터 백작이 프랑스 왕과 버건디 공작과 함께 들어섰다.

리어 왕이 먼저 버건디 공작에게 말했다.

"버건디 공작, 내 딸에게 구애를 했었지요. 저 애가 가진 건 이제 짐의 불쾌감뿐이오. 거기다 짐의 미움과 저주, 의절을 덤으로 얹었소. 그래도 공은 저 애를 아내로 맞을 거요?"

버건디 공작이 머뭇거리며 대답했다.

"전하, 죄송합니다만, 그렇다면……. 좀……."

"그럼 관두시오."

이어서 그는 프랑스 왕에게 말했다.

"프랑스 왕, 당신의 호의를 생각해서 당신을 내가 미워하는 여자애와 짝 지워주고 싶지는 않소. 조물주조차 자신의 작품인 것을 창피해할 저것 말고 어디 다른 곳으로 눈을 돌려보시오."

"정말 놀랍군요. 지금까지도 당신이 최고로 아끼고 칭찬해 마지않던 그녀가, 당신이 노년의 위안이라고 말했던 그녀가 일순간에 총애를 잃어버리다니요. 그녀가 천륜에 어긋난 죄를 지었거나, 당신이 그녀에 대해 품었던 애정이 변했거나 둘 중 하나겠지요. 내 이성으로는 그녀가 죄를 지었으리라고는 추호도 믿을 수 없습니다."

그러자 그때까지 잠잠히 있던 코딜리어가 리어 왕에게 말했다.

"전하, 간청 드립니다. 제가 전하의 은총을 잃은 것은 제게 무슨 사악한 오점이 있어서도 아니고, 제가 무슨 천하고 부정한 짓을 저질렀기 때문이 아니라는 것을 밝혀주십시오. 그것이 없기에 저 스스로 더 부자인 것처럼 느끼게 해주는 '조르는 눈'과, 비록 전하의 사랑을 잃게 만들었지만 그것이 없기에 차라리 더 기쁜 '혀'가 제게 없기 때문이라는 것을요."

"그 눈과 혀로 나를 기쁘게 해주지 못할 바에야, 차라리 태어나지 않음만 못하다."

그러자 프랑스 왕이 나서며 말했다.

"아니, 고작 마음에 품고 있는 생각을 말하지 않았다는 이유로 그녀를 버렸단 말입니까? 아름다운 코딜리어, 가난하지만 최고 부자인 그대, 버림받았으나 최고의 선택을 받은 그대, 그대와 그대의 미덕을 내가 취하겠소. 리어 왕이시여, 무일푼

인 당신의 딸은 이제 아름다운 프랑스의 왕비입니다. 버건디 공작을 비롯한 공작들이 다 온다 해도, 값을 매길 수 없는 이 귀한 내 아가씨를 사 갈 수 없소. 자, 코딜리어. 인정머리 없는 이들과 작별해요. 그대는 더 나은 곳을 찾으려고 이곳을 잃은 거요.”

그 말과 함께 프랑스 왕은 코딜리어의 손을 잡고 궁정을 나가버렸다. 코딜리어는 울면서 언니들에게 아버지를 잘 모셔달라고 부탁했고, 두 자매는 서로 눈을 마주치며 코웃음을 쳤다.

이곳은 글로스터 백작의 집. 안마당에서 글로스터 백작의 아들 에드먼드가 편지를 한 장 들고 서서 혼자 중얼거리고 있었다.

“제길, 그놈의 국법이 뭐라고 자연이 내게 부여한 권리를 빼앗아 가는 거야? 형보다 한 열두 달이나 열네 달 뒤졌다고? 뭐, 서자(庶子)라고? 내가 뭐가 모자라서? 이렇게 잘생기고 기상이 넘치는데……. 에드거, 네가 적자(嫡子)라고? 그렇다면 내가 네 땅을 가져야만 하겠다. 아버지는 적자인 너나 서자인 나나 똑같이 사랑해. 어쨌든 적자라! 멋진 말이야. 이 편지가

적중해서 계략이 성공하면 이 에드먼드가 적자에 오를 거야. 신들이시여, 천출을 위해 일어나주십시오!'

그때 글로스터 백작이 혼잣말을 중얼거리며 집 안으로 들어섰다.

"뭐야? 켄트 백작이 추방돼? 프랑스 왕이 코딜리어와 함께 떠났고? 국왕께서 이 밤에 궁을 떠나셨어? 권력을 다 이양하고 허울만 왕이라고? 이 모든 일이 한순간에 벌어지다니!"

안으로 들어서던 그가 에드먼드를 보고 물었다.

"아, 에드먼드, 뭐, 새로운 소식이라도 없느냐?"

에드먼드는 급히 편지를 주머니에 넣으며 말했다.

"없습니다, 아버지."

"그런데 무슨 편지를 그렇게 황급히 주머니에 넣는 거냐? 이유가 없다면 숨길 필요도 없는 법 아니겠느냐? 자, 어디 나도 좀 보자."

"아버지, 용서해주십시오. 형이 보낸 편지인데 아직 다 읽지 못했습니다. 아무래도 아버지가 보시기에는 좀……."

"잔소리 말고 이리 내놔."

에드먼드는 마지못해 편지를 꺼내어 아버지에게 주었고 백작은 편지를 소리 내어 읽었다.

　　노인 존중 정책 때문에 생을 즐겨야 할 나이의 우리는
괴롭고, 우리 재산은 늙을 때까지 묶여 있다. 내가 이 늙
은이의 독재를 그냥 두는 건 힘이 없어서가 아냐. 다만
참고 있을 뿐이지. 이제 나는 이 늙은이의 억압이 쓸데
없고 어리석다는 걸 깨닫기 시작했어.

　　여기까지 읽은 글로스터 백작의 손이 부들부들 떨렸다. 그
는 계속 읽었다.

　　내게 와라. 그러면 계획에 대해 자세히 말해주마. 만일
아버지가 내가 깨울 때까지 잠들어 있다면, 너는 수입의
절반을 차지하고 영원히 형의 사랑을 받으며 살 것이다.
　　　　　　　　　　　　　　　　　　　　　　에드거

　　편지를 다 읽은 글로스터 백작은 분노에 차서 고함을 질렀다.
"아니, 이걸 에드거가 썼단 말이냐! 언제 받았어? 누가 가

리어 왕

**95**

져온 거야?"

"아버지, 누가 가져온 게 아닙니다. 제 방문 틈에 끼어 있었습니다."

"이거 그놈 필체 맞지?"

"아니면 좋겠지만 맞는 것 같습니다. 하지만 그 내용에는 형의 마음이 담겨 있지 않으면 좋겠습니다."

"이놈! 천하의 악당 같으니! 편지에 들어 있는 게 바로 그놈 생각이야! 이놈을 체포해야 해. 그래, 지금 어디 있느냐?"

"잘 모르겠습니다. 그리고 아버지, 신중하게 처리하셔야 합니다. 혹시 형이 제 마음을 떠보려고 쓴 건지도 모르잖습니까?"

"넌 그렇게 생각하느냐?"

"오늘 저녁에 바로 아버지 궁금증을 풀어드리겠습니다. 제가 형과 이야기를 나누겠습니다. 아버지께서 들으시고 직접 판단하시는 게 좋을 겁니다."

"아, 최근에 일식과 월식이 잦더니……. 좋은 징조가 아니야. 사랑은 깨지고, 친구가 배신하고, 형제가 갈라서고, 도시에 폭동이 시골엔 불화가 일어나게 되어 있어. 궁정엔 반역이 일어나고 부자간의 인연도 깨지고……. 내 악당 자식 놈도 그 예언에 따라 나타난 거야. 아무튼 내 이놈을 가만두지 않을 거야!"

그 말과 함께 아버지가 사라지자 그는 아버지 등을 향해 비웃음을 날렸다.

"흥, 일식, 월식 좋아하시네. 우리가 뭐 하늘이 정한 대로 살게 되어 있나? 그래, 아버지가 어머니와 큰곰자리 아래서 합궁을 해서 내가 이렇게 거친 성격을 타고 났단 말이야? 체, 이 천출을 만들 때 순결한 처녀별이 하늘에 떠 있었더라도 난 여전히 지금의 나였을걸."

그때였다. 마침 에드거가 집 안으로 들어서며 생각에 잠겨 있는 에드먼드의 모습을 보았다. 그가 에드먼드에게 말했다.

"에드먼드 아니냐? 무슨 생각을 그렇게 골똘히 하고 있는 거야?"

"방금 아버지와 이야기를 나누었는데, 심기가 아주 불편해 보였어요. 형님에 대해 몹시 불쾌해 하시던데요."

"그래? 어제 뵐 때는 아무렇지 않았는데. 분명 어떤 놈이 날 모함한 거야."

"저도 그게 걱정입니다. 아버지 화가 누그러지실 때까지 피하시는 게 좋을 것 같아요. 우선 제 방으로 가시지요. 거기 있다가 적당한 때 저랑 같이 아버지께 가서 말씀을 드리도록 해요. 자, 이게 제 방 열쇠입니다. 참, 그리고 밖으로 나다닐 때면 무장을 하세요."

"무장을? 무장을 왜?"

"형님, 어쨌거나 제 충고를 들으세요. 이건 무슨 선의에서 하는 이야기가 아닙니다. 그냥 제가 보고 들은 대로 말씀드리는 거예요. 자, 어서 가세요."

"무슨 소식 있으면 들려줄 거지?"

"그럼요. 어쨌든 저는 형님 편입니다."

에드거는 열쇠를 받아들고 안으로 들어갔다. 그가 사라지자 에드먼드가 비웃음을 흘리며 중얼거렸다.

"쉽게 믿어버리는 아버지에 고결한 형이라! 형은 천성적으로 착해서 누구도 의심하지 않는단 말이야. 바보 같은 정직함이라니! 이러니 계책이 실패할 리 없지. 앞이 훤히 보이는군. 출생으로 안 된다면 꾀를 내서 땅을 가져야지. 목적만 이룰 수 있다면 무슨 짓이든 못 할 게 없어."

모든 권력을 내려놓은 리어 왕은 자신의 말대로 두 딸의 영지에서 번갈아 한 달씩 지내기로 하고 우선 큰딸 고너릴과 그녀 남편 올버니 공작의 저택으로 갔다. 한편 리어 왕으로부터 국외 추방 명령을 받은 켄트 백작은 변장을 한 채 브리튼을 떠나지 않고 있었다. 그는 그만큼 충성스러운 신하였다. 그는 두 딸이 리어 왕을 홀대하리라는 사실을 이미 예상하고 있었다. 그로서는 리어 왕이 곤경에 처할 줄 빤히 알면서 그 곁을 떠날 수가 없었다.

예상대로 리어 왕의 맏딸 고너릴은 드러내놓고 아버지에 대해 불평을 늘어놓기 시작했다. 리어 왕이 시종처럼 데리고 다니는 '바보'가 어이없는 짓을 저지르고 다닌다고 불평했고, 리어 왕 수하 기사들이 소란을 피운다고 툴툴거렸다. 심지어 그녀는 이제 아버지와는 말도 나누지 않겠다며, 리어 왕이 사냥터에서 돌아왔는데도 아프다는 핑계로 마중조차 나가지 않았다. 그녀는 집사장 오즈월드에게 말했다.

"너희, 기사들한테 함부로 대해도 돼. 그렇게 해서 차라리 아버지에게 문제를 일으키는 게 나아. 그런 게 싫으면 동생에게 가보라지. 하지만 걔 맘이나 내 맘이나 똑같을걸. 정말 멍청한 노인네야. 자기가 줘버린 권력을 아직도 휘두르려 하다니. 동생한테 편지를 써야겠어."

그녀가 안으로 들어간 지 얼마 후 뿔 나팔이 울리며 리어 왕이 시중드는 기사들과 함께 사냥터에서 돌아왔다. 리어 왕이 집 안으로 들어서며 한 기사에게 어서 저녁을 준비하라고 이르고 있는데, 변장한 켄트 백작이 그의 앞에 나타났다.

낯선 그를 보자 리어 왕이 물었다.

"여봐라, 넌 뭐냐?"

"사람입니다."

"하는 일이 뭐냐니까? 내게 무슨 볼일이 있느냐?"

"겉으로 보이는 것보다 못하지는 않은 사람입니다. 저를 믿어주는 분은 참되게 섬기고, 정직한 분은 사랑하며, 현명하고 말수가 적은 분과는 친하게 지내고, 심판을 두려워하며, 불가피할 때는 싸우는데, 생선은 안 먹는 사람입니다."

"도대체 넌 누구냐니까?"

"매우 정직한 마음을 가진 사람이고, 왕만큼 가난한 사람입니다."

"백성인 네가 왕만큼 가난하다면 꽤 심한 거구나. 그래 원하는 게 뭐냐?"

"봉사입니다."

"봉사? 누구에게 봉사하겠다는 거냐?"

"바로 당신입니다."

"나를 아느냐?"

"모릅니다. 하지만 당신 거동에는 제가 기꺼이 주인님이라고 부를 만한 게 있습니다. 바로 권위입니다. 저는 뭐든 다 할 수 있습니다."

"좋다. 나를 따라라. 봉사를 허락하마. 자, 저녁이 나왔구나. 그런데 내 바보는 어디 간 거야? 이봐라, 바보를 불러라."

리어 왕의 명령에 기사가 나가더니 얼마 후 바보를 데리고 왔다. 바보는 켄트 백작을 보자 자신이 쓰고 있던 모자를 켄트 백작에게 내밀며 말했다.

"이 사람 내가 채용해야겠다. 자, 내 어릿광대 모자를 써봐. 이걸 받는 게 좋을걸?"

"내가 왜?"

"총애를 잃은 사람 편을 드니까 그렇지. 자, 내 모자를 받아. 이 사람을 따르려면 내 모자를 꼭 써야 해."

그러더니 바보는 리어 왕을 향해 말했다.

"아저씨, 잘 지냈어? 내게 모자 둘이랑 딸 둘이 있으면 좋을 텐데."

왕이 상냥하게 물었다.

"어째서 그러니, 얘야?"

"걔들에게 재산은 다 주어도 모자는 안 줄 거야. 자, 내 걸 받아. 나머지 하나는 딸들에게 구걸해봐."

"이런 바보 녀석. 조심해, 너 채찍 맞는다."

"나보고 바보라니? 나는 그래도 신랄한 바보야. 당신처럼 친절한 바보는 아니라고."

"너, 나를 지금 바보라고 부르는 거냐?"

"당신이 갖고 있던 다른 호칭은 다 남들 주었잖아. 당신이 갖고 태어난 거만 남은 거야."

바보의 수작을 가만히 보고 있던 켄트 백작이 리어 왕에게 말했다.

"전하, 이 친구 완전히 바보는 아닌데요."

그 말에 바보가 대꾸했다.

"절대 아니지. 만일 그렇다면 귀족들과 고관들이 나를 가만

내버려두지 않았을 거야. 내가 바보 독점권을 차지하면 그들도 한몫 끼려들 거야. 마나님들도 마찬가지지. 나만 혼자 온통 바보로 내버려두지 않을 거라고. 낚아채려 하겠지. 아저씨 계란 하나 줄래? 그러면 왕관 둘을 줄게."

리어 왕이 물었다.

"왕관이 왜 둘인데?"

"아, 계란을 둘로 갈라 가운데를 먹고 나면 계란 왕관이 둘이잖아. 당신이 왕관을 쪼개 양쪽에 주었을 때, 당신은 나귀를 등에 업고 진창 속을 걸어간 거야. 금관을 줘버렸을 때, 그 대가리 속에는 든 게 아무것도 없었지. 난 바보만 빼고는 아무거나 되면 좋겠어. 그래도 나는 절대로 당신은 안 될 거야. 당신은 왕관을 둘로 쪼개놓고 가운데 아무것도 남겨놓지 않았지. 어라, 저기 그중 한쪽이 오네."

바보 말에 왕이 고개를 들어보니 고너릴이 들어오고 있었다. 고너릴을 보고 리어 왕이 말했다.

"내 딸아, 어떻게 지내느냐? 이마에 웬 주름이냐? 내가 보니 요즘 너무 자주 눈살을 찌푸리는 것 같더구나."

그러자 여전히 눈살을 찌푸린 채 그녀가 말했다.

"전하, 무슨 짓을 해도 된다는 허락을 받은 이 바보뿐 아니라, 당신의 무례한 종자들이 참을 수 없는 소란을 피워대고 싸움질을 해댑니다. 이게 다 전하가 허락하고 부추기신 일입니다. 감히 말씀드리지만 견책을 피할 수 없는 일이며, 꼭 시정해야 할 일입니다."

고너릴의 말을 듣고 리어 왕이 어이없다는 표정을 지었다.

"네가 내 딸이 맞느냐?"

"전하, 제 뜻을 올바로 이해해주시기 바랍니다. 전하가 거느리고 있는 기사 100명은 너무 무질서하고 방탕해서 이 궁정을 마치 난잡한 여인숙처럼 만들어버리고 있습니다. 근엄한 궁전이라기보다는 술집이나 창녀촌과 다름이 없습니다. 청컨대 수행원 숫자를 줄이시고, 전하 나이에 어울리고 전하나 자기 자신의 처지를 아는 사람들을 쓰십시오."

리어 왕의 분노가 폭발했다.

"이 음흉하고 악마 같은 계집! 어서 말안장을 얹어라! 종자들을 모두 불러라! 이 타락한 천출 년아, 이제 더 이상 너를 귀찮게 않겠다. 내게는 딸이 또 있으니. 아, 때늦은 후회여!"

리어 왕은 사위 올버니 공작이 들어오는 것을 보고 그에게 말했다.

"자네 왔는가? 이게 자네 뜻인가? 말해봐! 어서 말을 준비하라! 배은망덕한 놈 같으니! 바닷속 괴물보다 흉악한 놈!"

"전하, 고정하십시오. 전 영문을 모르겠습니다."

그러자 리어 왕이 다시 고너릴을 향해 고함쳤다.

"이 흉악한 년아, 거짓말 마라. 내 수행원들은 임무를 샅샅이 알고 있는 엄선된 인재들이다. 아, 코딜리어가 하찮은 잘못을 범했을 때, 나는 얼마나 추했던가! 무엇이 내 본성을 비틀어 뽑아내어, 내 마음속 사랑을 쓰디쓴 담즙과 섞었단 말이냐!"

그는 자신의 머리를 주먹으로 치며 자책했다.

"아, 리어, 리어야! 너의 어리석음을 들여보내고, 소중한 판단력을 내보낸 이 대문을 부수어라!"

그런 후 리어 왕은 고너릴을 향해 저주를 퍼부었다.

"자연이여, 들으십시오! 여신이여, 들으십시오! 이 못된 것에게 자식을 심어줄 계획이 있으시다면, 그 계획을 멈추어주십시오! 이년의 자궁을 불임으로 만들어주십시오! 생식기관을 다 말려버려 그 썩은 몸에서 이년을 존중해줄 아이가 나오지 않게 해주십시오! 만일 아이를 낳더라도, 못되고 인정머리 없는 골칫거리가 되어, 이년을 괴롭히게 해주십시오! 은혜를 잊은 자식을 두는 게, 독사의 이빨보다 얼마나 더 날카로운지 느끼게 해주십시오.

아, 죽고 싶도록 부끄럽다! 남자가 너 같은 계집에게 흔들려 눈물을 흘리다니! 이 뜨거운 눈물이 네게 그 값을 치르게 할 것이다! 아비의 저주라는 불치의 상처가 너의 모든 감각을 찔러댈 것이다! 그래, 좋아! 내게는 딸이 또 하나 있어. 그 애가 이 소식을 들으면 손톱으로 네 면상을 할퀼 것이다."

리어 왕은 분노에 휩싸여 밖으로 나갔다. 리어 왕이 나가자 올버니 공작이 고너릴에게 말했다.

"당신 지나친 거 아니오? 이게 도대체 무슨 짓이오?"

하지만 고너릴을 코웃음을 쳤다.

"당신은 가만히 보고만 있어요. 내가 잘한 일인 걸 알게 될 거예요."


며칠 후 리어 왕의 분노는 절정에 달했다. 고너릴이 숙식을 제공할 수 없다며 자신의 종자 기사 100명 중 50명을 추방한 것이다.

"뭐야! 내 종자 50명을 단칼에? 겨우 보름밖에 안 됐는데?"

그는 둘째 딸 리건에게 가겠다고 결심하고 켄트 백작에게 편지를 주며 미리 떠나라고 명령했다. 켄트 백작은 편지를 들고 콘월 공작의 성으로 향했다. 한편 고너릴은 오즈월드를 불러 동생 리건에게 편지를 전해주라고 시켰다. 자신이 아버지를 더 이상 모실 수 없는 이유를 적은 편지였다. 오즈월드 역시 편지를 들고 콘월 공작의 성으로 향했다.

# 2

글로스터 백작의 성안 마당에서 그의 둘째 아들 에드먼드가 하인 큐란과 이야기를 나누고 있었다. 큐란이 말했다.

"도련님, 소식 못 들으셨어요? 오늘 밤 콘월 공작님과 공작 부인께서 이곳으로 오신답니다."

"어쩐 일로?"

"저도 잘 모르겠습니다만, 떠도는 소문을 듣긴 했습니다. 곧 전쟁이 일어날 거란 소문입니다. 콘월 공작과 올버니 공작 사이에 말입니다."

"그래? 난 못 들었는데. 알았으니 어서 가봐라."

큐란이 사라지자 에드먼드가 무릎을 쳤다.

'콘월 공작이 오늘 밤 여기 온다고? 잘됐어. 내 일과 잘 엮으면 되겠네. 아버지는 에드거 형을 잡으려고 보초들을 이미 세웠지. 이제 내가 할 일이 하나 남았는데, 어서 행동에 옮겨야지. 자, 어서 형을 불러내자.'

그는 에드거가 숨어 있는 자신의 방 창가로 가서 내려오라고 위를 향해 고함을 질렀다. 에드거가 내려오자 에드먼드가 말했다.

"형님, 아버지가 형님을 감시하고 있어요. 어서 이 자리를 피하세요. 형님이 숨은 곳이 발각됐지만 밤이니까 몸을 숨길 수 있으실 거예요. 형님, 콘월 공작을 비방하신 적 있어요? 오늘 여기 와요. 아니면 그분 편을 들어서 올버니 공작에 대해 나쁜 말을 하신 적은 없나요? 한번 생각해보세요."

에드거로서는 그럴 생각조차 해보지 않은 일이었다.

"그런 일 없었어. 전혀 안 했어."

"아버지께서 오시는 소리가 들리네요. 죄송해요. 속임수로 형님께 칼을 뽑아야겠어요. 어서 칼을 뽑아 들고 방어하는 척하세요. 자, 잘 가세요."

이어서 에드먼드는 사람들에게 들리도록 큰 소리로 외쳤다.

"항복해! 어서 아버지 앞으로 가! 횃불! 횃불! 여기다!"

그런 후 낮은 목소리로 에드거에게 말했다.

"얼른 가세요, 형님."

에드거가 사라지자 그는 칼로 자기 팔에 상처를 낸 다음 큰 소리로 다시 외쳤다.

"아버지, 아버지! 서라, 서! 거기 아무도 없느냐!"

잠시 후 글로스터 백작과 횃불을 든 하인들이 나타났다. 에드먼드를 본 글로스터 백작이 말했다.

"에드먼드, 이 악당 놈은 어디 있느냐?"

"어둠 속에 칼을 들고 서 있었습니다. 사악한 주문을 중얼대며 달에게 수호여신이 되어달라고 빌더군요."

"그래서, 그놈은 어디로 갔느냐?"

에드먼드는 피가 흐르는 팔을 보여주며 말했다.

"저리로 도망갔습니다. 절대로…… 절대로, 그렇게는 안 돼……."

글로스터 백작이 하인들에게 어서 쫓아가라고 명령한 후 에드먼드에게 말했다.

"뭐가 절대로 안 된다는 거냐?"

"아버지를 살해하라고 저를 설득하려 했습니다. 제가 절대로 그럴 수 없다고 하자 칼을 휘둘렀습니다. 다행히 팔에만 상처를 입었습니다. 제 용기를 당할 수 없자 황급히 달아나버렸습니다."

"아무리 도망쳐도 소용없다. 이 나라 안에 숨을 곳은 없어. 잡히면 바로 처형이야. 나의 주군이신 공작님, 나의 최고 후원자께서 오늘 오실 거다. 그분의 권위로 공포할 것이다. 그놈을 붙잡아 형장으로 끌고 가게 해준 자는 보상하고, 그놈을 숨겨준 자는 죽여버린다고!"

"아버지, 제가 폭로하겠다고 하자 저를 위협하더군요. 모두 제가 꾸민 일로 돌리겠다고요. 제가 자기를 없앤 후 이득을 취하려고 꾸민 일로 만들면, 모두 자기 말을 믿을 거라고 하더군요."

"가증스러운 놈! 내가 그놈 말을 믿을 것 같으냐! 자기가 직접 쓴 편지를 내가 봤는데? 그놈은 내 자식이 아니다. 항구를 모두 봉쇄해라. 그놈 얼굴을 그려 사방에 돌려라. 내 땅은 이제 네가 물려받을 수 있도록 방법을 찾아보마."

그때 콘월 공작 일행의 도착을 알리는 나팔 소리가 크게 울렸다. 글로스터 백작과 에드먼드는 황급히 그들을 맞으러 나갔다.

콘월 공작이 글로스터 백작을 보자마자 물었다.

"어찌 된 거요, 백작? 방금 도착하자마자 이상한 소식을 들었소."

그러자 옆에 있던 리건이 말했다.

"그게 사실이라면 어떻게 복수를 해도 시원치 않을 거예요. 백작님 기분은 어떠세요?"

"아, 공주님, 이 늙은 가슴이 진정으로 찢어지는 것 같습니다."

"그래, 우리 아버지 대자(代子)가 백작님 목숨을 노렸단 말인가요? 우리 아버지께서 에드거라는 이름을 내려준 그자가?"

"너무 부끄럽습니다."

"혹시, 아버지 시중을 드는 난잡한 기사들과 어울리지는 않았나요?"

그러자 에드먼드가 나서며 말했다.

"맞습니다, 공주님. 그자들과 한패였습니다."

"그렇다면 놀랄 일도 아니군요. 그놈들이 늙은 부친의 재산을 빼앗아 흥청망청 놀아보자고 부추긴 거예요. 언니를 통해 이미 기별을 받아서 잘 알아요."

그러자 콘월 공작이 에드먼드를 보고 말했다.

"자네는 부친에게 자식 된 도리를 다했다며?"

글로스터 백작이 에드먼드 대신 말했다.

"놈의 음모를 발견한 것도 얘였습니다. 그놈을 쫓다가 이렇게 상처까지 입었지요."

"그놈을 붙잡으면 내 권한을 내세워 경 마음대로 처리하시오. 에드먼드, 자네가 이번에 보여준 미덕을 보니 자네를 내 사람으로 삼고 싶군. 내게는 믿을 만한 사람이 필요하고, 자네는 그중 첫 번째야."

"삼가 섬기겠습니다. 다른 건 몰라도 진실하게 섬기겠다는 것만은 맹세합니다."

에드먼드가 콘월 공작에게 허리를 숙이자 글로스터 백작도 콘월 공작에게 감사했다.

콘월 공작이 글로스터 백작에게 말했다.

"경은 우리가 이 밤중에 왜 이렇게 황급히 이곳에 왔는지 모르지요?"

그러자 리건이 나서서 말했다.

"글로스터 백작님, 꽤 중요한 사태가 벌어져 백작님의 충고가 필요해요. 언니와 다툰 일로 아버지가 편지를 보냈고 언니도 보냈어요. 사신들이 답장을 기다리고 있는데, 집을 나와서 쓰는 게 낫겠다고 생각해서 온 거예요. 즉각 답을 해야겠으니 생각해보신 후 조언을 부탁드립니다."

"예, 분부를 따르겠습니다, 공주님."

한편 리건에게 편지를 전한 켄트 백작은 여전히 변장한 모습으로 그들 일행 뒤를 따라 말을 타고 글로스터 백작의 성으로 들어섰다. 그곳에서 답장을 기다리기 위해서였다. 동이 트고 있었다. 이어서 오즈월드도 글로스터 백작의 성안으로 들어섰고 둘은 성안 마당에서 마주쳤다.

켄트 백작을 본 오즈월드가 물었다.

"안녕하시오. 당신 이 집 사람이오?"

"맞아."

"어디다 말을 매야 하오?"

"진창에"

"무슨 대답이 그렇소? 우리 처음 보는 사이 아니오?"

"나는 널 알고 있지."

"나를 뭘로 알고 있는데?"

"악당, 깡패, 썩은 고기나 먹는 놈, 비겁하고, 건방지고, 얄팍하고, 거지 같은 놈. 옷은 세 벌에 연 수입은 100파운드. 더러운 데다 모직 양말을 신은 악당. 겁쟁이에다 소송만 일삼는 사생아. 거울이나 들여다보고, 아첨만 일삼는 놈. 까탈이나 부리는 깡패. 달랑 트렁크 한 개 물려받은 노예. 포주 노릇이나 할 놈. 악당, 거지, 겁쟁이, 뚜쟁이를 합쳐놓은 놈. 잡종 똥개의 새끼거나 자손. 어디, 이 가운데 하나라도 아니라고 해봐라. 요란스럽게 징징거릴 때까지 두들겨 패줄 테니."

"아니, 뭐 이런 어처구니없는 놈이 다 있어? 서로 알지도 못하는 사이에 이렇게 욕설을 퍼붓다니!"

"이런 뻔뻔스러운 녀석! 국왕 앞에서 나를 봤으면서 모른 척해? 자, 칼을 뽑아라, 이 불한당아! 네놈 포를 떠서 달빛에 말려주마."

켄트 백작은 칼을 뽑았다. 그러자 오즈월드가 뒤로 물러나며 말했다.

"저리 가버려! 난 너하고 볼일 없어."

"어서 칼을 뽑지 못해! 왕을 비방하는 편지를 가져온 데다, 아버지에게 거역하는 허영꾼의 꼭두각시 노릇이나 하는 놈아! 이 악당아, 칼을 뽑아라! 네 다리 살을 불에 구워 먹어주마. 뽑아라, 이 나쁜 놈아! 어서 덤벼!"

겁에 질린 오즈월드는 사람 살리라고 고래고래 고함을 질렀다. 그 소란에 단검을 든 에드먼드와 콘월 공작 부부, 글로스터 백작이 하인들과 함께 달려왔다.

에드먼드가 켄트 백작과 오즈월드를 보고 소리쳤다.

"이게 무슨 일이냐! 어서 떨어져라!"

그러자 켄트 백작이 말했다.

"바로 당신 일이지, 이 애송이 어른! 어서 덤벼봐! 내가 상대해줄 테니. 자, 어서 덤벼, 젊은 양반!"

그러자 글로스터 백작이 말했다.

"무기? 칼? 도대체 무슨 짓이냐?"

콘월 공작도 화를 내며 말했다.

"목숨이 아깝거든 멈춰라. 도대체 무슨 일이냐?"

그러자 리건이 나서서 말했다.

"언니와 국왕이 보낸 사자들이에요."

"말해봐라. 도대체 왜 싸우는지."

켄트 백작이 여전히 오즈월드에게 온갖 욕설을 퍼부은 뒤 말했다.

"솔직히 저놈 용모가 마음에 안 듭니다."

이번에는 콘월 공작이 오즈월드에게 물었다.

"자, 말해봐라. 그에게 뭘 잘못했느냐?"

"솔직히 아무 잘못도 없습니다. 다짜고짜 칼을 빼 들고 제게 덤벼들었습니다."

"그게 사실이란 말이지? 여봐라! 차꼬를 가져와라! 이런 난폭한 늙다리 악당 같으니라고! 한 수 가르쳐줘야겠다."

"각하, 저는 뭔가 배우기에는 너무 늙었습니다. 차꼬는 채우지 마십시오. 저는 국왕을 모시고 있으며 그분이 보내서 왔습니다. 국왕의 사신에게 차꼬를 채운다면 제가 섬기는 분을 전혀 존중하지 않는다는 것을 보여주는 셈입니다. 대담하게 그분께 악의를 드러내는 일입니다."

"어서 차꼬를 가져와라! 내 목숨과 명예를 걸고, 정오까지 차꼬에 채워 앉혀놓겠다!"

그러자 리건이 말했다.

"정오까지라고요? 여보, 밤까지 채워놔요. 아니, 아예 밤새도록."

켄트 백작이 말했다.

"뭐라고요, 마님? 제가 부친의 개라도 그런 대접은 안 하실 겁니다."

"여보, 저놈은 정말 악당이에요. 내가 밤새 채워놓겠어요."

콘월 공작이 맞장구쳤다.

"맞아, 당신 언니가 말한 자들과 똑같은 놈이야."

하인들이 차꼬를 대령하자, 글로스터 백작이 말렸는데도 리건이 직접 켄트 백작에게 차꼬를 채웠다. 그런 후 모두들 안으로 들어가자 켄트 백작이 바닥에 주저앉아 넋두리를 했다.

'아, 전하! 하늘의 축복을 마다하고 뙤약볕 아래로 나선다는 옛말을 그대로 입증하셨군요. 그대, 지상의 횃불이여, 내게 가까이 오라! 그대, 위안의 빛으로 이 편지를 읽을 수 있도록! 코딜리어 공주가 내가 이곳에 온 걸 알고 보낸 편지구나.'

그는 편지를 읽었다. 매우 간단한 내용이었다.

이 엄청난 사태 앞에서, 시간이 좀 걸리더라도 손실을
복구할 방법을 찾기 위해 애써보겠어요.

그는 너무 지친 나머지 몸을 추스르기 위해 눈을 붙였다.

한편 리어 왕은 콘월 공작의 성으로 갔다가 딸 부부가 성을
비우고 없다는 것을 알고 그 뒤를 좇아 글로스터 백작의 성으
로 향했다. 성안으로 들어가자 차꼬를 찬 채 잠들어 있던 켄트
백작이 깨어나 왕에게 문안 인사를 했다.

그를 보고 리어 왕이 말했다.

"어허, 이게 무슨 꼴이냐? 이렇게 창피스러운 모습을 보이
는 게 네 오락이냐?"

바보가 옆에서 거들었다.

"아하, 이 꼴 좀 보게. 잔인한 대님을 매고 있군. 다리 힘 좋
다고 싸돌아다니더니 나무로 만든 양말을 신고 있어."

리어 왕이 말했다.

"내 사신인 너를 이따위로 대접한 게 도대체 누구냐?"

"그와 그녀, 전하의 사위와 딸입니다."

"아니야."

"맞습니다."

"아냐. 걔들은 절대 못 그래."

"신들께 맹세코 그랬습니다."

"뭐라고? 감히! 이건 살인보다 더 악랄한 짓이다. 국왕의 체면을 이렇게 깎아내리다니. 짐이 보낸 너를 왜 이 꼴로 만들었는지 어서 털어놓아라."

"사실대로 말씀드리겠습니다. 제가 콘월 공작의 성에 가서 무릎 꿇고 전하의 편지를 전했지요. 그런데 제가 일어나기도 전에 고너릴이 보낸 놈이 숨을 헐떡이며 나타나 그녀의 편지를 전하더군요. 그들은 그걸 읽자마자 시종들을 소집해서 곧바로 말에 올랐습니다. 제게는 따라와서 답을 기다리라고 차갑게 말하더군요. 그런데 제가 여기 와서 그들이 환대하던 그 사자 녀석을 만났습니다. 저는 분별력보다는 용기가 많은 몸이라 바로 칼을 뽑았습니다. 겁쟁이인 그놈이 소리소리 질러 사람들을 불렀고, 전하의 사위와 따님은 제가 이런 벌을 받아 마땅한 죄를 지었다고 여긴 겁니다."

바보가 다시 입을 열어 뇌까렸다.

"기러기가 저리로 날아가니 겨울이 아직 안 끝났네. 누더기를 걸친 아비에겐 자식들은 눈을 감지. 전대를 찬 아비에겐 자식들은 상냥하지. 최고의 창녀, 운명의 여신은 거지에겐 열쇠를 안 줘. 당신은 당신 딸들 때문에 일 년이 걸려도 다 못 셀 슬픔을 겪게 될 거야."

리어 왕이 분노에 차서 소리쳤다.

"아, 울화가 가슴에 치미는구나! 그래, 내 딸은 어디 있느냐?"

"백작과 저 안에 있습니다."

리어 왕은 일행을 남겨둔 채 혼자 안으로 들어갔다.

그가 안으로 들어갔지만 글로스터 백작만 그를 맞았을 뿐, 딸과 사위는 코빼기도 비치지 않았다. 글로스터 백작은 리어 왕에게 고개를 못 들고 더듬더듬 변명했다.

"전하, 공작 부부는 밤새 여행을 해서 지쳤습니다. 지금 두 분 다 몸이 아파서 잠자리에 들었습니다."

"뭐야? 몸이 아프다고? 이건 반역이다! 복수다! 역병이다! 죽음이다! 혼돈이다! 가서 똑바로 전해. 국왕이 콘월 공작과 이야기하고 싶어 한다고! 사랑하는 아버지가 딸과 얘기하고 싶어 한다고! 봉사하길 기다리고 있다고! 저기 저 내 사자를 봐라! 그가 왜 저런 꼴로 저기 앉아 있는 거냐? 몸이 아픈 건 핑계야. 이건 다 미리 짠 거야. 당장 가서 냉큼 나오라고 해."

글로스터 백작이 안으로 들어갔고, 잠시 후 콘월 공작 부부가 나타났다.

콘월 공작과 리건이 리어 왕에게 안부 인사를 드리자 리어 왕이 리건에게 하소연했다. 딸을 믿고 싶은 생각에 그녀를 향해 품었던 분노가 가라앉고 반가운 마음이 들었던 것이다.

"아, 사랑하는 리건, 네가 나를 반겨주는구나. 너는 네 언니와 다르구나. 네 언니는 정말 사악하다. 아, 리건! 그 애는 매정함이라는 독수리 이빨을 여기 내 가슴에 박아 넣었다. 네게는 차마 말도 못 꺼내겠다. 아, 리건, 너는 믿지 못할 거다. 그 애가 내게 얼마나 불량했는지!"

그러자 리건이 침착한 어조로 말했다.

"전하, 제발 참으세요. 저는 언니가 임무를 저버렸다기보다는 전하께서 언니의 진가를 제대로 평가하시지 못한 것 같아요."

"뭐야? 아니, 대체 그게 무슨 소리냐?"

"저는 언니가 의무를 소홀히 했다고는 조금도 상상할 수 없습니다. 전하, 만일 언니가 전하 시종들이 방탕한 짓을 못 하도록 억눌렀다면, 합당한 이유와 목적이 있었을 거예요. 언니를 비난할 수만은 없어요."

"나는 그년을 저주해!"

"아, 전하! 전하는 정말 늙으셨군요! 전하는 이제 생의 끝자락에 서 계신 거예요. 전하에게는 전하가 어떤 상황에 있는지 전하보다 잘 알고 이끌어줄 사람이 필요해요. 그 사람의 다스림과 지도를 받아야 해요. 전하, 제발 언니에게로 돌아가셔서 잘못했다고 하세요."

"걔한테 용서를 빌라고? 그게 우리 가문에 어울리는 일이라고 생각하는 거냐? 내가 그럴 수 있다고 생각하는 거냐?"

리어 왕은 딸 앞에 무릎을 꿇고 간청했다.

"사랑하는 내 딸아! 그래, 고백하마. 나는 이제 늙었어. 노인은 쓸모없지. 무릎 꿇고 이렇게 빈다. 제발 내게 의복과 침대와 음식을 내려다오!"

그러자 리건이 냉정하게 말했다.

"아버지, 제발! 제발 이런 꼴사나운 짓 그만하세요! 언니에게 돌아가세요."

"절대로 안 돌아간다, 리건! 걔는 내 시종들을 절반으로 줄였고, 그 혓바닥으로 나를 내리쳤다. 은혜를 저버린 그년에게 하늘의 복수가 내리기를! 그년의 태아가 병에 걸려 불구가 되어라! 그년 눈에 번갯불을 쏘아서 눈을 멀게 하라! 늪의 안개가 그년을 덮쳐 얼굴을 물집으로 뒤덮어라!"

"어머, 아버지! 감정이 격해지면 제게도 퍼부으시겠네요."

"아니다, 리건. 너는 절대 저주하지 않으마. 너는 언니와 다르다는 걸 나는 잘 안다. 너는 내 뜻을 거역하고, 내 수행원을 막 자르지는 않을 거야. 나한테 말대꾸도 하지 않을 거고, 내 수당을 줄이지도 않을 거야. 내가 들어오지 못하도록 문을 잠그는 일은 하지 않을 거야. 넌 인간의 도리를 개보다 잘 알아. 너는 감사할 줄 알아. 내가 네게 왕국의 절반을 내린 것을 잊지 않았겠지?"

그러자 리건이 냉정하게 말했다.

"아버지, 도대체 용건이 뭐예요?"

"우선 이것부터 묻자. 도대체 누가 내 하인에게 저렇게 차꼬를 채워놓았느냐?"

그러자 콘월 공작이 대답했다.

"제가 채웠습니다. 너무 무례해서. 더한 벌을 내려야 하는 건데. 어쨌든, 여봐라! 그놈 차꼬를 풀어주도록 해라."

그때 나팔 소리가 울렸다. 콘월 공작이 웬 나팔 소리냐고 묻자 리건이 대답했다.

"언니가 온 거예요. 곧 오겠다고 기별을 보내왔는데 벌써 도착했네요."

이윽고 고너릴이 안으로 들어왔다. 리건이 반갑게 맞으며 두 손을 잡았다. 그러자 리어 왕이 어이없다는 듯 말했다.

"아니, 리건, 그년 손을 잡다니!"

고너릴이 왕에게 말했다.

"왜 못 잡아요? 제가 뭘 잘못했는데? 노망 든 분이 죄 지었다 말한다고 진짜 죄를 지은 건 아니지요."

그러자 리건이 말했다.

"아버지, 어서 수행원 절반을 떼어내고 언니에게 돌아가세요. 거기 머물다가 나중에 제게로 오세요. 전 지금 집을 떠나 있어서 아버지에게 필요한 것들을 드릴 수 없는 형편이에요."

"저년한테 돌아가라고? 그러느니 차라리 들판에서 늑대와 부엉이의 친구가 되겠다. 지참금 없이도 막내를 데려간 프랑스 왕 앞에 무릎 꿇고 그의 하인처럼 천한 목숨을 구걸하며 지내겠다. 내가 저년에게 가? 차라리 저년 종놈의 마부 노릇을 하겠다."

"마음대로 하세요."

고너릴이 차갑게 대꾸했다. 그러자 리건이 한 술 더 떴다.

"아버지, 시종 50명도 너무 많아요. 저에게 오시려면 25명만 데려오세요. 그 이상은 자리도 못 내주고, 먹여주고 재워주지도 못하겠어요."

"뭐야? 너희에게 왕국을 내줄 때, 내 수행원들 100명의 비용을 너희가 대기로 하지 않았느냐? 그런데 뭐, 25명만 데리고 오라고? 리건, 분명히 그렇게 말했느냐?"

"그래요. 더 이상은 안 돼요."

"너는 고너릴보다 더한 년이로구나. 그래, 고너릴. 너와 함께 가겠다. 오십은 스물다섯의 두 배니까, 나를 향한 사랑이 저년의 두 배구나."

그러자 고너릴이 말했다.

"스물다섯은 왜 꼭 필요하세요? 열이나 다섯은요? 그 시종들의 두 배가 넘는 내 시종들이 아버지를 돌보고 아버지 명령을 들을 텐데요?"

리건이 뒤따라 말했다.

"그래요. 한 명인들 왜 필요해요?"

리어 왕은 고개를 들어 탄식했다.

"아, 하늘이시여! 제게 인내를 주십시오! 신들이시여, 이 불쌍한 늙은이가 보이십니까? 이 비참한 아비에게 딸들이 반항하도록 선동한 게 당신들이라면, 제게 고결한 분노를 내려주십시오! 제 뺨을 눈물로 더럽히게 만들지 마십시오!

그래, 이 무정한 마녀들아! 내 너희 둘에게 철저히 복수하겠다! 온 세상이 공포에 떨 만큼 무서운 복수를 내리겠다. 너희, 내가 울기를 바라느냐! 아니다! 난 울지 않는다. 울기 전에 이 심장이 천 갈래 만 갈래로 찢어질 것 같다. 아, 이 바보! 미칠 것만 같구나!"

왕은 비틀거리며 밖으로 나갔고, 그 뒤를 켄트 백작과 바보, 수행 기사 한 명이 뒤따랐다. 글로스터 백작만이 안쓰러운 눈길로 그들 뒤를 따라 나가, 일행이 성을 완전히 떠날 때까지 지켜보고 돌아왔다. 이미 밤이었고, 큰 바람이 세차게 불고 있었다.

# 3

리어 왕은 오갈 데 없이, 일행과 함께 황량한 들판을 헤맸다. 폭풍우는 계속 불어 닥치고 있었다. 왕이 바보의 농담으로 가슴의 상처를 지우려 애쓰며 쉬는 사이, 켄트 백작이 기사 한 명을 둘로부터 멀리 떨어진 나무 아래로 데려가 말했다.

"난 당신을 믿소. 내가 관찰한 것을 바탕으로 당신에게 매우 중요한 임무를 맡기려 하오. 지금 올버니 공작과 콘월 공작 사이에 분열의 조짐이 보이고 있소. 자, 이제 나를 믿고 도버로 가시오. 그러면 당신에게 감사할 분을 만나게 될 것이오. 가서 국왕이 얼마나 잔혹한 대접을 받고 있는지 그분의 슬픔을 전하시오. 당신은 아마 나를 의심할지도 모르오. 지금은 내가 겉보기와는 달리 상당한 혈통과 교양을 갖춘 신사라는 것만 말해주겠소. 여기 반지를 주겠소. 가서 코딜리어 공주님을 뵙거든 이 반지를 보이시오. 그러면 내가 누구인지 말씀해주실 것이오."

"당신을 믿겠습니다. 더 하실 말씀은 없습니까?"

"더 이상 없소. 자, 떠나시오. 난 전하께 가야겠소."

국왕과 바보 곁으로 온 켄트 백작이 국왕에게 말했다.

"전하, 가까운 곳에 움집이 하나 있습니다. 거기라면 비바람을 피할 수 있을 것입니다. 거기서 쉬시는 동안 저는 그 집 주인을 만나보겠습니다. 하찮은 예우나마 강요해보렵니다."

리어 왕이 한숨을 쉬며 말했다.

"아, 내 머리가 돌기 시작하는구나. 애야, 이리 와라. 넌 어떠냐? 너도 추우냐? 나는 춥구나. 그래, 그 움집은 어디 있느냐? 궁핍이란 놈이 이상한 재주를 다 부리는구나. 천하디 천한 것을 귀하게 만들다니. 자, 가자 움집으로."

그러자 바보가 말했다.

"창녀들 마음 식히기에 딱 좋은 밤이로구나. 내 가기 전에 예언 하나 말해볼까?

신부들이 쓸데없이 말 많을 때

양조업자가 맥주에 물 타서 망칠 때

귀족들이 양복쟁이 선생질 하고

창녀 찾는 자들, 이교도처럼 불에 타 죽을 때

법정 소송 모든 것이 올바르며

빚진 종자, 가난한 기사 없을 때

험담이 혀 안에서 살지 않고

군중 속 소매치기 없어질 때

고리대금업자 공공연히 돈 자랑하고

포주와 창녀가 교회를 지을 때

알비온 왕국(브리튼 왕국)은

대혼란에 빠지리라.

살아남아 그것을 보는 자들에게

두 발로 걸을 수 있는 시절이 오리라.

나중에 마법사 멀린이 이 예언을 할 거야. 내가 멀린보다 앞선 시대에 살고 있으니까."

바로 그 시각, 글로스터 백작 성 안에서 글로스터 백작과 에드먼드가 은밀한 이야기를 나누고 있었다. 글로스터 백작이 에드먼드에게 통탄하며 말했다.

　　"아, 에드먼드! 슬프구나! 나는 이런 비인간적인 처사가 도무지 마음에 들지 않는다. 내가 국왕에게 동정을 베풀어달라고 했더니 그들은 내게서 내 집 사용권을 빼앗아버렸어. 국왕에 대한 말을 하거나 탄원을 하면, 또 그분을 어떤 식으로든 보살펴드리면 나한테 영원한 분노를 퍼붓겠다면서."

　　"정말 야만적이고 비인간적이네요!"

　　"그래, 너도 그렇게 생각하지? 하지만 넌 아무 말 하지 마라. 공작들 사이에 분열이 있단다. 하지만 그보다 더 나쁜 일도 있어. 오늘 밤 내가 편지 한 통을 받았다. 아주 위험한 편지라서 벽장 속에 넣고 잠가버렸어. 이제 곧 국왕께서 받은 모욕에 대한 처절한 복수극이 벌어질 거야. 벌써 일부 군대가 브리튼에 상륙했다. 우린 국왕 편을 들어야 해. 난 그분을 찾아서 은밀히 보살펴드려야겠다. 가서 공작과 이야기를 나누어봐라. 내가 국왕께 자선을 베푸는 걸 절대 눈치 채지 못하게 하고. 공작이 나를 찾거든 아파서 누워 있다고 해라. 이미 협박을 받고 있지만, 설사 내가 이 일로 죽는 한이 있더라도 옛 주인인 국왕을 구해야만 하겠다. 에드먼드, 너도 조심해라."

글로스터 백작이 밖으로 나가자 에드먼드가 중얼거렸다.

"당신이 이런 금지된 짓을 한다는 걸 공작에게 당장 알릴 거야. 그 편지 이야기도. 그래, 대단한 포상을 받을 거야. 아버지가 잃은 걸 모두 내 몫으로 가질 수 있어. 하나도 남김없이 모조리. 늙은이가 쓰러질 때 젊은이가 일어서는 법이지."


리어 왕은 켄트 백작의 부축을 받으며 움집으로 향하고 있었다. 켄트 백작이 왕에게 말했다.

"전하, 여기로 드십시오."

"내 가슴을 찢어놓으려는가?"

"차라리 제 가슴을 찢겠습니다. 어서 이리로 드십시오."

"너는 피부까지 침투해 오는 이 호전적인 폭풍우가 힘들다고 생각하겠지? 그래, 너는 그럴 것이다. 하지만 큰 병에 걸렸을 때는 그보다 작은 병은 느끼지 못하는 법이야. 곰이 덤비면 너는 곰을 피하겠지? 하지만 도망치는 길을 성난 바다가 가로막고 있다면 너는 곰과 정면으로 맞설 거다. 마음이 자유로

워야 감각도 섬세해지지. 내 마음에 부는 태풍이 내 모든 감각을 앗아갔어. 자식의 배은망덕! 이건 입안에 음식을 넣는다고 입이 손을 뿌리치는 것과 같은 짓이야! 난 응징하겠다! 난 울지 않겠다! 이 밤에 나를 쫓아내? 나는 견딜 테다! 오늘 같은 밤에! 아, 리건! 고너릴! 이 친절하고 늙은 아비는 너희에게 모든 것을 다 주었는데!"

"전하, 제발 안으로 드시지요."

"너나 들어가서 편히 쉬어라. 난 들지 않겠다. 아니다, 들어가겠다. 하지만 바보야. 네가 먼저 들어가봐라."

리어 왕의 명령에 바보가 움집으로 들어갔다. 그러나 그는 곧바로 허겁지겁 뛰쳐나오며 켄트 백작에게 말했다.

"여긴 들어가지 마, 아저씨. 귀신 있어! 사람 살려, 사람 살려!"

켄트 백작이 바보에게 말했다.

"자, 내 손을 잡아. 안에 누가 있는데?"

"귀신이야, 귀신! 자기 이름이 불쌍한 톰이래."

그러자 켄트 백작이 소리쳤다.

"거기 얼쩡거리는 게 누구냐! 어서 밖으로 나와라!"

그러자 곧이어 변장한 모습의 에드거가 나타났다. 그는 미친 행세를 하며 뜻도 모를 소리를 중얼거리고 있었다.

"저리 가! 더러운 마귀가 쫓아오네! 날카로운 가시나무 사이로 찬바람이 불어오네. 흠, 네 차가운 침대로 가서 몸을 데워."

리어 왕이 그를 보고 물었다.

"너도 딸들에게 모든 걸 다 준 거냐? 그래서 이 지경이 된 거야?"

그러자 에드거가 말했다.

"불쌍한 톰에게 누가 뭘 줄까? 더러운 마귀가 불과 화염 사이로, 여울과 소용돌이 사이로, 습지와 늪지대로 그를 몰고 다녔다네. 베개 밑엔 칼을, 의자 안에 목 맬 줄을, 죽 그릇 옆에 쥐약을 놓고 있다네. 아, 톰은 추워. 덜덜덜……."

그러자 리어 왕이 물었다.

"넌 도대체 뭐하는 사람이었냐?"

하지만 에드거는 뜻 모를 소리만 횡설수설했다. 그때였다. 횃불을 든 글로스터 백작이 나타났다. 글로스터 백작이 에드거를 제일 먼저 발견하고 누구냐고 물었다. 그러자 에드거가 또다시 중얼거렸다.

"나는 불쌍한 톰. 개구리, 두꺼비, 올챙이, 도마뱀을 잡아먹었지. 더러운 마귀가 발광할 때면 소똥을 생채 요리로 먹기도 하고, 늙은 쥐와 죽은 개를 삼키기도 했지. 이 마을 저 마을 채찍질 당하며 쫓겨 다니기도 하고, 차꼬를 차기도 하고, 옥에 갇히기도 했지. 쉿! 조용해, 이 악마야!"

글로스터 백작이 리어 왕의 모습을 알아보고 놀라서 물었다.

"아니, 전하! 전하 곁에는 이런 사람밖에는 없습니까?"

에드거가 여전히 이상한 소리를 지껄였다.

"어둠의 왕자는 신사야. 그의 이름은 모도야. 그리고 마후야."

글로스터 백작은 에드거를 무시한 채 리어 왕에게 말했다.

"전하, 전하의 혈육과 제 혈육이 너무나 야비해져서, 자신들을 낳아준 부모를 미워하고 있군요. 자, 안으로 드십시오. 전하의 딸들 명령에 복종하는 게 제 임무는 아니지요. 그들은 제게 문을 걸어 잠그고 이 잔혹한 밤이 전하에게 덮치도록 내버려 두라고 명령했습니다. 저는 위험을 무릅쓰고 전하를 찾아 나섰습니다. 전하를 불과 음식이 준비된 곳으로 모시겠습니다."

거의 정신이 나가 있던 리어 왕은 글로스터 백작의 말을 제대로 알아듣지 못하고, 에드거를 향해 말했다.

"나는 이 철학자, 그리스의 현자와 이야기를 나누어야겠다. 무슨 공부를 하시오?"

"악마를 예방하고 벌레를 잡는 방법."

그러자 켄트 백작이 글로스터 백작에게 말했다.

"다시 한 번 가자고 여쭈어보십시오. 전하의 정신이 불안정하십니다."

폭풍우는 계속 불어오고 있었다. 글로스터 백작이 탄식하며 말했다.

"아, 그게 어찌 전하 탓이란 말인가! 딸들이 전하를 죽이려 하다니! 아, 착한 켄트 백작! 그가 이렇게 될 거라고 말했지. 그래서 추방당한 불쌍한 사람! 자네, 국왕이 거의 미쳤다고 말했지? 나도 거의 미칠 지경이라네. 내게 아들이 있었지만 혈육 관계를 박탈해버렸다네. 놈이 내 목숨을 노렸어. 친구, 최근까지도 내가 그 애를 얼마나 아꼈는데……. 그 어떤 아버지보다 끔찍하게……. 슬픔 때문에 머리가 돌 지경이라네. 아, 이 무슨 밤이란 말인가! 전하, 제발 간청 드리니……."

리어 왕은 에드거를 계속 고매한 철학자라고 부르며 함께 가자고 우겼고, 일행은 모두 함께 움집으로 들어갔다.

리어 왕은 계속 미친 듯 횡설수설했다. 그러는 가운데 고너릴을 심문하고 리건을 재판하듯 계속 떠들어댔다. 보다 못한 켄트 백작이 말했다.

"전하, 이제 좀 누워서 쉬시지요."

"시끄럽게 굴지 마. 휘장을 쳐. 그렇지. 우린 아침에 저녁 먹으러 갈 거야."

그 말을 끝으로 리어 왕은 잠이 들었다.

그러자 바보가 한마디 했다.

"난 정오에 잠자러 갈 거고."


에드먼드는 콘월 공작을 찾아가 글로스터 백작 이야기를 했고, 그러자 콘월 공작은 글로스터 백작을 향해 분노를 터뜨리고 있었다.

"이 집을 떠나기 전에 그자에게 복수를 하고야 말겠어!"

"공작님, 저는 두렵습니다. 효성을 버리고 이렇게 충성을 택했으니, 무슨 비난을 받을지 모르겠습니다."

"이제 보니 자네 형이 나쁜 놈이라서 자네 아버지를 죽이려 한 게 아니었어. 의협심이 발동한 거지."

"아, 제 운명은 얼마나 얄궂은지요? 의로운 일을 하면서 자책감을 느껴야 하다니! 여기 편지가 있습니다. 그가 프랑스 편을 들고 있는 첩자임을 증명해주는 편지입니다. 아, 하늘이시여! 어찌하여 이런 반역이! 어찌하여 제가 그 사실을 알게 되었단 말입니까!"

"자, 나와 함께 가자. 이제부터 자네가 글로스터 백작이야. 어서 자네 아버지를 찾아보도록 해. 그를 한시라도 빨리 체포해야겠어."

에드먼드는 속으로 생각했다.

'그래, 아버지가 국왕을 도와주고 있는 걸 알면, 공작의 의심은 확고해질 거야.'

그가 콘월 공작에게 말했다.

"아무리 제 핏줄과 이번 일 사이에 갈등이 크더라도, 저는 주공께 변함없는 충성을 바치겠습니다."

"나는 자네를 신뢰해. 자네는 나의 총애 속에 소중한 새아버지를 찾게 될 거야."

한편 글로스터 백작은 리어 왕 일행을 움집에 남겨둔 채 떠났다. 리어 왕을 대접할 음식을 준비하고, 더 편하게 모실 곳을 찾기 위해서였다. 얼마 후 그가 돌아와보니 리어 왕은 완전히 정신이 나간 상태였다.

글로스터 백작은 변장한 켄트 백작을 은밀히 불러내어 말했다.

"이보게, 빨리 이곳을 피해야 해. 국왕을 죽이려는 음모 이야기를 들었어. 탈것을 준비해두었으니 국왕을 태워서 눕히고어서 도버로 향하게. 그곳에 도착하면 보호받을 수 있을 거야. 한시도 지체할 수 없으니 빨리 움직이게."

글로스터 백작의 지시대로 켄트 백작은 리어 왕을 안고 마차에 오른 뒤 바보와 함께 그곳을 떠났다. 홀로 남은 에드거가 탄식하듯 말했다.

"윗분들이 고통을 겪는 걸 보니, 내 비참함을 적으로만 볼 수 없구나. 홀로 고통을 겪는 자가 가장 고통스러운 법이야. 그는 자기 등 뒤에 남기고 떠난 것들을 생각하며 깊이 가슴 아파해. 하지만 슬픔이 짝을 얻고 고통이 동료를 얻으면 마음은 큰 고통을 훌쩍 건너뛰지. 나를 꺾이게 만든 것이 왕까지 굴복시키는 것을 보았으니, 이제 내 고통은 얼마나 가볍고 견딜 만한가! 그의 자식들, 내 아버지와 똑같구나! 톰아, 멀리 가자! 너를 더럽힌 나쁜 생각들이 잘못으로 판정되어 네가 정당하다는 사실이 밝혀지고 아버지와 화해를 이루면 그때야 모습을 드러내자. 오늘 밤, 무슨 일이 있어도 국왕께서 무사히 피신하시길. 자, 어서 몸을 숨기자."

상황은 급박하게 돌아가고 있었다. 프랑스군이 상륙했다는 소식이 들려온 것이다. 콘월 공작은 에드먼드가 건네준 편지를 고너릴에게 보여주며 어서 남편 올버니 공작에게 돌아가 소식을 전하라고 말했다. 그리고 어서 역적 글로스터 백작을 찾아내라고 부하들에게 엄명을 내렸다. 콘월 공작은 에드먼드에게 자기 아버지를 벌하는 모습을 보는 것은 적절치 않으니, 고너릴과 동행하라고 명했다.

그들이 떠나고 얼마 후 글로스터 백작이 두세 명의 무사들에게 이끌려 콘월 공작과 리건 앞에 나타났다. 에드먼드가 자신을 배반한 사실을 전혀 모르고 있었던 그는 자신의 성으로 돌아오다 붙잡히고 말았다.

글로스터 백작을 보자 리건이 외쳤다.

"은혜를 모르는 여우 같으니!"

콘월 공작도 소리쳤다.

"어서 저놈의 두 팔을 묶어라!"

그러자 글로스터 백작이 어리둥절한 표정으로 말했다.

"이게 웬일입니까? 두 분은 제 손님입니다. 무례한 짓은 마십시오."

"이놈, 대역무도한 죄를 범한 놈이! 어서 저놈을 묶으라니까!"

하인들이 그를 묶자 리건이 욕을 하며 그의 수염을 뽑았다.

"사악한 여자! 내 턱에서 강탈해 간 그 수염이 복수를 할 거요. 난 이 집 주인이오. 그런데 도대체 무슨 이유로 내 호의를 이렇게 왜곡하는 거요? 도대체 어떻게 할 참이오?"

그러자 콘월 공작이 말했다.

"프랑스에서 최근에 편지를 한 통 받았지? 이곳에 있는 간첩들과 내통했지?"

리건이 거들었다.

"그리고 미치광이 국왕을 그들에게 보냈지? 말해봐."

"아니오, 나는 추측으로 쓴 편지를 한 통 받았을 뿐이오. 그는 중립을 지키는 사람이지 적이 아니오."

콘월 공작이 캐물었다.

"국왕을 어디로 보냈지?"

"도버로 보냈소."

리건이 발을 동동 구르며 호통을 쳤다.

"뭐야? 뭣 때문에 도버로 보냈단 말이냐!"

"당신의 그 잔인한 손톱으로 그분 눈을 뽑는 것을 보고 싶지 않아서요. 포악한 당신 언니가 멧돼지 이빨로 그분의 기름진 살을 물어뜯는 걸 보고 싶지 않아서요. 그분이 바다에서 지옥같이 검은 밤에 그런 폭풍을 만났더라도 불타는 별들이 솟아올라 그 불을 껐을 거요. 그 험한 시각에 늑대들이 문 앞에서 으르렁거리더라도 당신은 '문지기야, 문 열어줘라'라고 말해야 했을 거요. 나는 날개 달린 복수의 신이 그런 자식들을 움켜잡는 광경을 두 눈으로 똑똑히 보고야 말 거요."

콘월 공작이 소리쳤다.

"그런 일은 없을 거다! 내가 네 눈알을 뽑아버릴 테니까!"

콘월 공작은 잔인하게 글로스터 백작의 한쪽 눈을 칼로 뽑아냈다. 글로스터 백작은 비명을 질렀다. 리건이 마저 뽑으라고 소리를 질렀고 글로스터 백작이 칼을 들이밀었을 때였다.

그 광경을 보다 못한 콘월 공작의 하인이 나서며 소리쳤다.

"나리, 손을 멈추십시오. 어릴 때부터 나리를 모셔왔지만, 지금 멈추시라는 말씀을 드린 것보다 더 극진히 나리를 섬긴 적은 없습니다."

"뭐야? 어디서 종놈이 감히!"

콘월 공작이 칼을 들고 하인에게 달려들자 하인도 칼을 뽑았다. 둘 사이에 칼싸움이 벌어졌고 콘월 공작은 하인의 칼에 치명적인 상처를 입었다. 그러자 다른 하인의 칼을 뽑아 든 리건이 등 뒤에서 하인을 찔렀고 하인은 숨을 거두었다. 상처를 입은 콘월 공작은 혼신의 힘을 다해 글로스터 백작의 나머지 눈을 찔러버렸고, 글로스터 백작은 장님이 되고 말았다.

앞을 못 보게 된 글로스터 백작이 고통스러워하며 소리쳤다.

"아, 앞이 캄캄하구나! 내 아들 에드먼드 어디 있느냐! 에드먼드, 네 마음속 효성을 모두 모아 이 원수를 갚아다오!"

그러자 리건이 냉소를 날리며 말했다.

"닥치지 못해, 이 역적 놈! 자기를 증오하는 자식을 부르다니! 네놈의 배반을 우리에게 알려준 사람이 바로 네 아들이다. 너 따위를 동정하기에는 너무 착하지!"

그 말을 들은 글로스터 백작은 탄식했다.

"아, 난 얼마나 어리석었던가! 그럼 에드거가 당한 거란 말인가? 선량하신 신이시여, 저를 용서하시고, 그 아이를 번성하게 해주십시오!"

"저놈을 문 밖으로 쫓아버려라. 냄새를 맡아서 도버로 가든지 말든지 하게 해."

리건의 명에 하인들이 글로스터 백작을 밖으로 내보냈다.

글로스터 백작이 쫓겨나자, 글로스터 백작 영지의 소작인이던 한 노인이 그를 맞아 부축했다. 노인이 글로스터 백작에게 말했다.

"주인 나리! 전 지난 80년간 나리와 나리 부친의 소작인이었습니다."

"저리 가! 저리 가라고, 이 친구야! 자네는 내게 아무런 도움이 되지 못해. 놈들이 자네를 해칠지도 몰라."

"하지만 나리는 앞을 못 보십니다."

"갈 곳이 없으니 눈도 필요 없네. 멀쩡히 볼 수 있을 때 나는 넘어져버렸어. 아, 내 아들 에드거! 속아 넘어간 아비의 분노에 먹잇감이 되어버린 에드거! 살아서 너를 다시 만질 수만 있다면 내 눈을 되찾았다고 말하마."

노인이 글로스터 백작을 부축한 채 얼마 걸었을 때였다. 반대편에서 걸어오던 에드거가 그들을 발견했다. 에드거는 경악했다.

'아니, 이게 누구야? 아버지가? 맙소사, 맙소사!'

에드거가 가까이 오자 노인이 글로스터 백작에게 말했다.

"미친 거지 톰입니다."

글로스터 백작이 말했다.

"그래도 정신은 좀 있겠지. 그래야 구걸을 하지. 지난밤 폭풍 속에서 그런 녀석을 보고는 벌레 같은 놈이라고 생각했지. 그때 내 아들 생각이 났지만 그와 친구가 되지는 못했어."

에드거는 중얼거렸다.

"아, 이럴 수가! 슬픔 앞에서 바보놀음 하는 건 옳지 않아."

그는 글로스터 백작의 팔을 붙잡으며 "조심하세요, 조심, 주인님"이라고 말했다.

그러자 글로스터 백작이 노인에게 물었다.

"이 사람이 바로 그 헐벗은 친구인가?"

"예, 나리."

"그렇다면 자네는 이제 그만 가봐. 이 헐벗은 영혼에게 입을 것 좀 갖다 주고. 길을 인도해달라고 해야겠어."

"저런! 나리, 그는 미쳤습니다."

"광인이 맹인을 인도하다니, 역병의 시절이야. 자네는 내가 시키는 대로 하거나, 아니면 마음대로 해. 그냥 가버리든가."

"저한테 있는 제일 좋은 옷으로 가져오겠습니다."

노인이 사라지자 글로스터 백작이 에드거를 불렀다.

"이봐, 헐벗은 친구."

에드거는 여전히 미친 척했다.

"불쌍한 톰은 추워."

그런 후 고개를 돌리고 혼잣말을 했다.

"아, 더는 못 감추겠어. 아니야, 그래도 감춰야 해."

글로스터 백작이 에드거에게 물었다.

"너, 도버로 가는 길 아느냐?"

에드거가 다시 횡설수설하며 미친 척하자 글로스터 백작이 지갑을 내밀며 말했다.

"자, 이 지갑을 가져. 내가 이렇게 비참하게 된 게 네게는 복이로구나. 너, 도버 알아?"

"네, 주인님."

"거기까지 가면 갇힌 바다를 무섭게 내려다보는 절벽이 하나 있다. 거기까지만 나를 데려다주면 네 팔자를 고쳐주마."

"자, 팔을 이리 주세요. 거지 톰이 인도할 테니까."

# 4

고너릴과 에드먼드는 길을 재촉해 올버니 공작의 궁전에 도착했다. 하지만 가는 도중 둘 사이에 변화가 생겼다. 서로를 사랑하게 된 것이다.

성에 도착했는데도 올버니 공작은 마중을 나오지 않고, 오즈월드가 그들을 맞았다. 고너릴이 오즈월드에게 물었다.

"오즈월드, 주인님은 어디 계시느냐?"

"안에 계십니다, 마님. 하지만 변하셔도 너무 변하셨습니다. 프랑스 군대가 상륙했다는 말씀을 드려도 미소만 지으실 뿐입니다. 마님이 오셨다고 했더니 '좋지 않은 일이군'이라고 하셨어요. 제가 글로스터 백작의 배신과 그 아들의 충성에 대해 말씀드리자 저더러 바보라며 사태를 거꾸로 짚었다고 하셨습니다. 나리께서는 싫어해야 할 걸 유쾌하게 생각하시는 것 같고, 좋아해야 할 걸 불쾌해하시는 것 같습니다."

고너릴이 에드먼드에게 말했다.

"그러면 당신이 그를 만날 필요도 없어요. 어떤 일에도 책임을 지지 않는 그 사람 성격이에요. 모욕을 당해도 갚기는커녕 못 본 척하는 사람이에요. 오히려 잘됐어요. 오면서 말했던 우리의 소망이 이루어질 수 있겠네요. 콘월 공작에게로 돌아가서 병사를 징집하고 지휘를 해요. 자, 이 목걸이를 차고 가요."

둘은 키스를 나누었고 에드먼드는 다시 길을 떠났다. 그의 뒷모습을 보며 고너릴이 중얼거렸다.

"아, 내 소중한 에드먼드! 다 같은 남자인데 이렇게 다르다니! 나를 바칠 남자는 당신인데 멍청한 인간이 나를 강탈했어!'

그때 올버니 공작이 온다고 오즈월드가 알렸다. 고너릴을 보자마자 올버니 공작은 비난을 퍼부었다.

"이 바람 속의 먼지만도 못한 여자! 자기한테 영양분을 주는 가지를 잘라버리다니! 틀림없이 말라죽어 땔감으로 쓰일 거요."

"흥, 쓸데없는 설교는 그만둬요."

"개 눈엔 똥만 보인다고, 도대체 무슨 일을 저지른 거요? 아버지이자 자비로운 노인을 미치게 만들어? 하늘에서 신들이 내려와 이런 죄상을 다스리지 않더라도, 그 전에 때가 올 거요. 인류가 저 깊은 바닷속 괴물처럼 서로를 잡아먹을 날이."

"간이 콩알만 한 남자! 때리면 뺨 내밀고 욕하면 머리 내밀 남자! 명예와 치욕도 구별 못 하는 남자! 악행을 저지르기 전에 처벌하는 사람을 욕하고 동정하는 건 바보밖에 없다는 것도 모르는 사람! 당신의 북은 어디 치워둔 거죠? 프랑스 왕이 투구를 쓰고 이 나라를 위협하고 있는데, 바보 같은 도덕군자인 당신은 그냥 가만히 앉아서, '그 사람이 왜 그럴까?' 묻고만 있군요."

"악마야, 너 자신을 봐. 마귀에게나 어울릴 흉측함이 너 같은 여자에게 있으니 더 끔찍해 보이는구나."

둘이 계속 말다툼을 하고 있는데, 하인이 와서 콘월 공작의 궁정으로부터 사신이 도착했다고 알렸다.

올버니 공작이 말했다.

"들라 하라."

사신이 들어오자 올버니 공작이 물었다.

"무슨 소식이냐?"

"아, 나리! 콘월 공작님께서 돌아가셨습니다. 글로스터 백작의 눈을 뽑다가 공작님 하인에게 당했습니다."

"뭐야? 글로스터 백작이 눈을 뽑혔다고? 아, 불쌍한 글로스터 백작! 콘월 공작이 죽었다고? 저 높은 곳에 계시는 판관들께서 재빨리 지상의 죗값을 치르게 해주셨구나."

그러자 사신이 고너릴에게 리건이 보냈다며 편지를 내밀었다. 편지를 받은 고너릴은 나중에 읽어보겠다고 하고는 속으로 생각했다.

'한편으로는 잘됐어. 하지만 과부가 내 새로운 글로스터 백작 곁에 있는 셈이네. 사랑의 공든 탑이 무너질 수도 있겠어.'

그녀가 생각에 잠겨 있는 사이 올버니 공작이 사신에게 물었다.

"그래, 글로스터 백작이 두 눈을 빼앗길 때 그의 아들은 뭘하고 있었느냐?"

"공작 부인님과 함께 이곳으로 왔습니다."

"나는 못 봤는데……."

"제가 이곳으로 오는 길에 돌아가는 그를 만났습니다."

"아버지가 당한 일을 그는 알고 있나?"

"그럼요. 그가 아버지를 고발했는데요. 그러고는 아버지를 마음대로 벌 줄 수 있도록 일부러 집을 떠났답니다."

"아, 글로스터 백작! 국왕에게 보여준 충정에 감사하오. 그대 눈에 대한 복수는 내가 꼭 하겠소. 자, 사신은 나와 함께 가자. 가서 아는 이야기를 더 들려다오."


도버 근처 프랑스 군영에서는 켄트 백작이 자신의 심부름을 수행한 기사를 만나고 있었다. 켄트 백작이 기사에게 물었다.

"왜 프랑스 국왕이 갑자기 본국으로 돌아갔는지 이유를 알고 있소?"

"나랏일에 뭔가 마무리를 짓고 떠나지 않은 게 갑자기 생각났다고 합니다. 너무 중요한 일이라서 국왕이 직접 갈 수밖에 없었다고 합니다."

"그럼 프랑스군 총사령관은 누가 맡고 있소?"

"프랑스 원수, 라 팔 장군입니다."

"그래, 왕비께선 당신이 보낸 편지를 읽으셨소? 어떤 반응을 보이시던가요?"

"눈물을 흘리시면서 슬픔을 억누르시려는 것 같았습니다. 한두 번 '아버지'라고 가슴을 억누르듯 말씀하셨고, '언니들! 언니들! 창피해요. 뭐? 한밤중에? 폭풍우가 불어오는데?'라고 외치시더니 눈물을 쏟으셨습니다. 그러고는 슬픔을 홀로 처리하려고 뛰쳐나가셨습니다."

사신의 말을 듣고 켄트 백작이 탄식했다.

"아, 우리의 성품은 저 별, 저 하늘의 별이 결정하는구나. 안 그렇다면 한 배에서 그렇게 다른 자식들이 나올 리 없겠지."

그러자 기사가 켄트 백작에게 물었다.

"제가 한 가지 묻겠습니다. 우리 리어 왕께서 이곳 도버에 와 계신 걸로 알고 있습니다. 그런데 왜 코딜리어 왕비님을 만나러 오시지 않는 거지요?"

"글쎄요, 가끔씩 정신이 맑아지시면 무슨 일로 우리가 여기에 왔는지 기억하긴 하십니다만, 그럴 때도 따님을 절대로 안 보겠다고 하십니다. 따님에게 하신 일이 부끄러워서일 겁니다."

"아, 가엾은 분."

"올버니 공작과 콘월 공작의 군대 이야기는 못 들었습니까?"

"들었지요. 움직이고 있답니다."

"자, 당신을 우리의 주군, 리어 왕께 안내하겠습니다. 전하의 시중을 들어주십시오. 난 중요한 이유가 있어서 한동안 몸을 감출 겁니다."

올버니 공작 군대와 콘월 공작 군대가 도버로 향하는 가운데 전운이 감돌고 있었다. 올버니 공작 군대는 고심하던 올버니 공작이 직접 지휘를 맡았고, 콘월 공작의 군대는 리건이 지휘했다.

그런데 홀몸이 된 리건 역시 에드먼드를 사랑하게 되었다. 그래서 그녀는 언니를 질투하고 있었다. 에드먼드는 적의 세력을 염탐한다며 콘월 공작 궁전을 떠나 어디론가 가고 없었다.

한편 에드거는 눈이 먼 아버지 글로스터 백작을 모시고 무사히 도버에 도착했다. 에드거는 농부 차림에 지팡이를 들고 있었다.

글로스터 백작이 에드거에게 물었다.

"언덕 꼭대기에는 언제 도달하는 거냐?"

"지금 한창 오르고 계십니다."

"아무리 봐도 평지 같은데……."

"저 바다 소리가 안 들리세요?"

"아니, 안 들려."

"눈이 안 보이시니 다른 감각도 둔해지신 것 같군요."

"그럴 수도 있겠지. 그런데 네 목소리가 바뀐 것 같다. 이전보다 말투나 내용이 훨씬 나아진 것 같은데……."

"잘못 아신 겁니다. 옷 외에는 바뀐 게 없는데요."

"지금 그 대답도 전과는 달라. 게다가 목소리까지 바뀐 것 같아."

"자, 이제 나리가 꼭 오자고 하던 언덕 꼭대기에 왔습니다. 저 깊은 아래를 보니 정말 어지럽네요. 어휴, 어지러워서 더는 못 보겠어요."

"나를 그 끝에 세워줘."

"손을 이리 주세요. 한 발자국만 더 나가면 바로 낭떠러지 끝이에요. 저는 절대로 뛰어내리지 않겠어요."

"이제 내 손을 놔줘. 이봐, 이 지갑도 받아둬. 안에 보석이 들어 있어. 가난한 사람들에게는 무척 값진 거야. 요정들과 신들께서 자네를 번성하게 해주기를! 자, 이제 그만 작별을 고하고 멀리 떠나."

에드거는 작별 인사를 한 후 글로스터 백작에게서 멀찌감치 떨어졌다. 물론 그곳은 낭떠러지가 아니라 평지였다. 에드거는 아버지의 절망감을 치유하기 위해 이런 방법을 쓴 것이었다.

글로스터 백작은 무릎을 꿇은 후 기도를 드렸다.

"전능하신 신이시여! 저는 이제 이 세상과 작별하고, 당신 눈앞에서 제 고난을 떨쳐버리려 합니다. 제가 더 오래 견디면서 당신의 저항할 수 없는 큰 뜻에 거역하지 않는다 하더라도, 자연이 부여한 제 생명의 짐스러운 끝자락은 저절로 타버릴 것입니다. 에드거가 살아 있다면, 그에게 축복을 내려주십시오! 자, 친구, 잘 가라."

글로스터 백작은 그 말과 함께 밑으로 뛰어내리는 몸짓을 했다. 하지만 그냥 그 자리에 쓰러졌을 뿐이었다. 그러나 그는 상상 속에서 아래로 낙하하고 있었다. 잠시 후 에드거가 글로스터 백작에게 다가가며 목소리를 바꾸어 말했다.

"아니, 이 양반이……. 이보시오. 당신 살았소, 죽었소? 도대체 당신은 누구요?"

"저리 가! 나를 죽게 내버려둬."

"당신은 깃털이나 공기가 아닌데, 수십 길 아래로 곤두박질 치고도 여전히 멀쩡히 숨을 쉬고 피도 안 흘리고 말을 하는군요. 당신 생명은 기적입니다. 어디 다시 말을 해봐요."

글로스터 백작은 정신이 얼떨떨했다. 그가 물었다.

"도대체 내가 떨어지긴 떨어진 건가?"

"그럼요. 저 꼭대기에서 떨어졌지요. 위를 봐요. 종달새 눈으로도 저기서 여기는 안 보여요."

"맙소사! 하지만 나는 눈이 안 보여. 아, 비참한 사람은 죽음으로 자신을 끝장 낼 혜택도 못 받는구나!"

"자, 팔을 이리 주세요. 어디 한번 서보세요."

글로스터 백작은 쉽게 일어났다. 에드거가 말했다.

"정말 이상한 일이군요. 저 절벽 꼭대기에서 당신과 헤어진 게 누구였습니까?"

"가엾고 불행한 거지였어."

"그래요? 제가 이 밑에서 보자니 두 눈이 보름달처럼 크던데요. 코는 수천 개고, 뿔들이 격노한 바다처럼 출렁거렸지요. 놈은 마귀였습니다. 그러니 운 좋은 아버지는 광명한 신들께서 지켜주셨다고 생각하세요."

에드거는 은근히 자신의 정체를 드러내는 말을 썼지만 글로스터 백작은 알아차리지 못했다. 글로스터 백작이 말했다.

"그래, 이제 기억 나. 이제부터 나는 고난을 견딜 거야. 고난이 '됐어'라고 외치며 스스로 사라질 때까지. 나는 그 악마를 사람이라고 생각했어."

"그래요, 얽매였던 생각에서 풀려나 인내해야만 해요."

그때였다. 미친 리어 왕이 들꽃으로 만든 화환을 머리에 쓰고 그들 앞에 나타났다.

에드거는 그를 알아보았다. 리어 왕은 정신이 나가 알아들을 수 없는 소리를 중얼대고 있었는데, 그 목소리를 들은 글로스터 백작이 말했다.

"아, 내가 아는 목소리야. 저 목소리, 저 억양! 또렷이 기억하고 있다. 국왕이시지요?"

"암, 당연히 왕이지. 내가 노려보니 신하들과 백성들이 떠는 걸 보라고. 내가 네 목숨을 살려주마! 죄목이 뭐지? 간통?

너를 죽이지 않겠다. 간통했다고 죽어? 안 되지. 굴뚝새도 그 짓 하고, 파리도 내 눈앞에서 간음을 하는데? 성교를 장려하라. 글로스터 백작의 사생아도 적법한 내 딸들보다 애비에게 친절했으니까."

리어 왕은 쉬지 않고 헛소리를 해댔다. 글로스터 백작이 말했다.

"전하, 저를 알아보시겠습니까?"

"그 눈을 잘 기억하지. 왜 그렇게 삐딱하게 날 쳐다보는 거야? 그래, 눈먼 큐피드. 무슨 짓이건 멋대로 해봐. 난 사랑하지 않을 거야. 이 도전장 읽어봐. 필체를 보라고."

"글자가 모두 태양이라 해도 전 한 글자도 못 봅니다."

"아하, 눈 속에 눈알이 없고 지갑 속엔 돈이 없단 말이로군? 자네 눈은 무겁고 자네 지갑은 가벼워. 하지만 눈이 없어도 세상이 어떻게 돌아가는지는 보이지. 귀로 보란 말이야. 저 재판관이 저 하찮은 좀도둑에게 얼마나 호통을 치고 있는지 잘 보라고. 자네 귀로 잘 들어봐. 자리를 바꾸고. 자, 맞혀봐. 어느 게 재판관이고 어느 게 도둑이게? 자네, 농부의 개가 거지에게 짖는 거 본 적 있어?"

"예, 있습니다."

"녀석이 개를 피해 도망가는 것도? 자넨 거기서 위대한 권위의 모습을 볼 수 있었을 거야. 개도 직위가 있으면 다들 복종해. 네 이놈, 형리야! 그 피비린내 나는 손을 멈추지 못할까? 그 창녀를 왜 때려? 네놈도 옷 벗으면 그녀를 원해. 고리대금업자가 사기꾼 목을 매는구나. 네 넝마 옷 사이로는 작은 악덕이 다 드러나 보이지만 관복과 털외투는 모든 걸 감추지. 죄에 금박을 입히면 강한 정의의 창도 힘을 못 쓰고 부러지지만 누더기로 무장해봐. 난쟁이의 밀집도 꿰뚫어버릴 수 있어. 아무도 죄가 없다! 없어, 없다니까! 그들을 사면하마. 내게는 고소인의 입을 막을 힘이 있어. 자네, 유리 눈을 해 박아. 그리고는 치사한 정치꾼처럼 보이지도 않는 걸 보는 척하라고. 자, 자, 자, 자, 내 장화를 벗겨. 더 세게! 더 세게! 그렇지."

그 모습을 보고 에드거가 탄식하며 중얼거렸다.

"아, 말로만 들으면 못 믿을 일인데, 실제로 보니 가슴이 찢어지는구나. 하지만 사실과 말도 안 되는 소리가 뒤섞여 있어. 광기 중에도 이성이 섞여 있어!"

리어 왕이 다시 말을 이었다.

"내 불행에 눈물을 흘리려면, 내 눈을 가져가라. 그래, 나는 자네를 잘 알아. 자네 이름은 글로스터 백작이지. 자네, 참아야 해. 우리는 울면서 이 세상에 왔어. 우리는 모두 공기 냄새를 처음 맡았을 때 앙앙대며 울었어. 드넓은 바보들의 세상에 나왔다고 운 거야."

그때였다. 코딜리어의 명으로 리어 왕을 찾아 헤매던 기사와 시종들이 그들을 발견했다. 기사가 리어 왕을 보고 말했다.

"전하, 귀하신 따님께서……."

"뭐야? 난 왕이라고……. 붙잡고 싶으면 어디 뒤따라와봐."

말과 함께 리어 왕은 뛰어 달아났고, 기사와 시종들이 뒤따랐다.

다시 에드거와 글로스터 백작 둘이 남게 되자, 글로스터 백작의 입에서 자신도 모르게 기도 소리가 흘러나왔다.

"자비로우신 신들이시여! 제 목숨을 맡아주십시오. 제 안의 나쁜 영이 또다시 저를 유혹하여, 당신들 앞에서 죽는 일이 없게 하십시오."

그러자 에드거가 말했다.

"아버지, 좋은 기도입니다."

"그런데 너는 대체 누구냐?"

"운명의 타격에 길이 든 아주 불쌍한 사람입니다. 슬픔을 알고 또 겪었기에 너그럽게 동정을 베풀 줄 알게 된 사람입니다. 자, 손을 이리 주십시오. 묵을 데로 모시겠습니다."

"진정으로 고맙군. 하늘의 보상과 축복이 내리길!"

에드거가 글로스터 백작의 손을 잡고 막 그곳을 떠나려 할 때 오즈월드가 이리저리 두리번거리며 나타났다. 그의 눈에 글로스터 백작의 모습이 보이자 그가 소리쳤다.

"현상범이구나! 운수대통이다! 두 눈이 빠져버린 그 머리가 내게 행운을 가져다 줄 살덩이구나! 이 불행한 늙은 역적아! 어서 내 칼을 받아라!"

에드거가 오즈월드와 글로스터 백작 중간에 끼어들자 오즈월드가 소리쳤다.

"어라, 이 겁 없는 촌놈이! 반역자 편을 드는 거냐? 너도 같은 꼴 되기 싫으면 어서 그 팔 놓고 썩 비키지 못해?"

"난 안 놓을 거야, 형씨."

"놔, 이 새끼야. 안 그러면 네가 죽는다."

"어허, 착한 신사 양반, 그냥 가. 그렇게 으름장 놓는다고 이 목숨이 끝날 거였으면 난 보름도 못 살았을 거야. 자자, 좋은 말 할 때 떨어져. 당신 머리통이 센 지 내 막대기가 센 지 재볼 텐가?"

칼을 뽑은 오즈월드가 에드거에게 덤벼들었다. 하지만 그는 에드거의 상대가 되지 못했다. 에드거의 일격에 그대로 쓰러진 그는 죽어가면서 말했다.

"쌍놈! 네놈이 날 죽였어. 이놈, 여기 내 지갑이 있다. 네놈이 성공해서 잘 살게 되면 나를 묻어다오. 그리고 내 몸에서 편지를 찾아서 글로스터 에드먼드 백작에게 전해라. 브리튼 편 군대 쪽에서 찾으면 된다."

말을 마친 그는 숨을 거두었다. 에드거는 오즈월드의 품을 뒤져 편지를 찾아내어 읽었다. 고너릴이 에드먼드에게 보내는 편지였다.

우리 둘 사이에 한 맹세를 잊지 말아요. 당신이 그를 해치울 기회는 많아요. 당신의 의지만 있다면 가장 좋은 장소와 시간은 내가 알려줄게요. 그가 승리해서 돌아오면 모든 게 허사예요. 그러면 나는 다시 죄인이 되고 그의 침대가 내 감옥이 될 거예요. 그 역겨운 곳에서 나를 구해주고 당신의 노고에 합당한 자리를 차지해요.

당신의 아내라고 말하고 싶은, 사랑스러운 고너릴

에드거는 오즈월드의 시체를 보이지 않는 곳에 숨긴 다음, 글로스터 백작의 손을 잡고 그를 모실 집으로 향했다. 전투가 임박했음을 알리는 북소리가 멀지 않은 곳에서 들리고 있었다.

프랑스군 진영의 어느 막사 안에 코딜리어와 켄트 백작, 기사와 의사가 함께 앉아 있었다. 코딜리어가 켄트 백작에게 말했다. 켄트 백작은 여전히 변장한 채로였다.

"아, 착한 켄트 백작. 제가 얼마나 더 살면서 노력해야, 그대처럼 선량해질 수 있을까요?"

"왕비님, 과분한 칭찬이십니다. 제가 드린 모든 보고는 그냥 사실에 불과합니다. 더도 덜도 아닙니다."

코딜리어가 이번에는 의사에게 물었다.

"국왕께서는 어떠세요?"

"마마, 아직 주무십니다. 왕비마마께서 좋으시다면 깨워드

릴까요?"

"당신의 의학 지식에 따라 뜻대로 하세요."

의사가 밖으로 나가더니 잠시 후 하인들이 나르는 가마를 타고 리어 왕이 막사 안으로 들어왔다. 그는 아직 잠들어 있었다. 그가 잠든 사이 시종들이 옷을 갈아입혀서 말끔한 차림이었다.

그를 막사 안 침대에 누이자 코딜리어가 아버지에게 입을 맞추며 말했다.

"아, 사랑하는 아버지. 제 입술에 회복의 약 기운을 실어 입을 맞추니, 두 언니가 아버지께 입혔던 상처가 말끔히 지워지기를 바랍니다. 아, 아버지가 아니더라도 이 백발을 보면 동정심이 일어났을 텐데. 이 얼굴로 그 험한 바람과 맞서셨단 말입니까? 그런 험한 밤에는 나를 문 개라 할지라도 난로 곁에 두었을 텐데, 아버지는 처량한 떠돌이와 함께 썩은 밀짚 깔린 움집에서 묵으셨단 말입니까?"

그때 리어 왕이 눈을 떴다. 코딜리어가 반색하고 말했다.

"전하, 어떠신지요? 괜찮으신지요?"

리어 왕이 입을 열어 말했다.

"나를 무덤에서 꺼내다니 잘못한 거요. 그대는 천상의 기쁨을 누리고 있는 영혼. 허나 나는 불 수레에 매달려 눈물이 마치 납 물처럼 지지고 있다오."

"전하, 저를 아시겠어요?"

"그대는 정령이지. 그대는 언제 죽었소?"

리어 왕이 아직 잠이 덜 깼다며, 의사가 잠시 가만히 놔두자고 말했다.

잠시 후 리어 왕이 고개를 흔들며 말했다.

"내가 어디 있었던 거지? 지금 내가 어디 있는 거야? 가만, 이게 내 손 맞나? 어디 보자. 그래, 찌르니까 아프구나."

그러자 코딜리어가 왕 앞에 무릎을 꿇고 말했다.

"전하, 저를 보세요. 손을 들어 저를 축복해주세요."

"제발 나를 놀리지 마오. 난 아주 어리석고 멍청한 노인이오. 한 시간도 가감 없이 정확히 여든이오. 게다가 솔직히 말하자면 내가 과연 제정신인지 두렵기도 하오. 당신과 이 남자를 알아봐야만 하는데, 여전히 의심스럽기만 하오. 나는 여기가 어디인지 아직 모르겠고, 아무리 재주를 다해봐도 이런 옷은 기억에 없소. 게다가 간밤에 어디 묵었는지조차 기억하지 못하오. 나를 비웃지 마오. 부인이 아무래도 내 자식 코딜리어 같으니."

"맞아요, 저예요, 저!"

"아, 그래, 코딜리어. 너로구나! 너였어! 눈물에 젖어 있구나. 제발 울지 마라. 네가 내게 독약을 주어도 난 마시련다. 나는 네가 나를 사랑하지 않는다는 걸 알고 있어. 분명히 기억하는데 네 언니들은 내게 나쁜 짓을 했어. 아무 이유도 없이. 하지만 네겐 이유가 좀 있지."

"그런 거 없어요! 없어요!"

"내가 지금 프랑스에 있느냐?"

그러자 켄트 백작이 대답했다.

"전하, 전하의 왕국에 계십니다."

"나를 속이려는가?"

그러자 의사가 나서서 말했다.

"마마, 이제 좀 안심하셔도 됩니다. 전하의 큰 분노는 보시다시피 사라졌습니다. 하지만 전하가 잃어버린 시간을 회복하시게 만드는 건 아직 위험합니다. 전하를 안으로 드시게 하십시오. 좀 더 안정되실 때까지 전하를 귀찮게 해서는 안 됩니다."

의사의 말에 코딜리어는 리어 왕을 부축해서 막사 안 침실로 들어갔다.

한편 전투는 차츰 임박해오고 있었고 콘월 공작 군대는 소문대로 에드먼드가 지휘하고 있다는 확실한 소식이 전해졌다.

# 5

도버 근처의 브리튼 진지 막사에서 에드먼드와 리건이 마주앉아 이야기를 나누고 있었다. 에드먼드가 말했다.

"올버니 공작님 결심이 흔들리는 것 같아 걱정스럽습니다. 마음이 바뀌었다는 소리가 들려오고 있습니다. 자책하고 있다는 소리도 있고요. 사람들을 시켜 알아봐야 할 것 같습니다."

"언니 남편은 분명 실패한 거예요."

"그게 두렵습니다, 공주님."

"자, 백작님. 내가 당신에게 얼마나 호의를 품고 있는지는 알지요? 오로지 진실만 말해야 해요. 언니를 사랑하지 않나요?"

"부끄럼 없이 떳떳하게 사랑합니다."

"그런데 형부에게만 허락된 금단의 구역에 한 번도 안 가봤나요?"

"그런 생각을 하시다니, 공주님을 스스로 욕되게 하는 일입니다."

"나는 당신이 언니와 결합해서 한마음이 되었을까 봐, 그래서 언니의 사람이 되었을까 봐 두려워요."

"명예를 걸고 말씀드리지만, 절대로 아닙니다."

"이제 언니를 도저히 못 참겠어요. 백작님, 언니와 친하게 지내지 마세요."

"걱정 마십시오. 아, 저 나팔 소리는? 공주님 언니와 공작이 온 것 같습니다."

잠시 후 기수와 고수를 앞세우고 고너릴과 올버니 공작이 병사들과 함께 나타났다. 막사로 들어선 고너릴은 에드먼드와 리건이 함께 있는 것을 보고 속으로 말했다.

'동생 때문에 나와 에드먼드 사이가 갈라지느니, 차라리 전쟁에서 패하는 게 나아.'

올버니 공작이 리건을 보고 말했다.

"사랑하는 처제, 잘 만났소. 듣기로는 국왕이 우리에게 저항하는 무리와 함께 딸에게 갔다 하오. 그동안 나는 몸을 뺐었소. 정직한 내 모습을 보일 때가 아니라는 생각에서였소. 하지만 이번 일에는 나도 마음이 움직이오. 프랑스가 그들과 함께 내 땅을 침범했기 때문이오."

에드먼드가 말했다.

"고결한 말씀이세요."

"자, 우리 노장들과 함께 내 막사에 모여, 작전을 짜보도록 합시다."

올버니 공작의 말에 모두 함께 밖으로 나갔다.

그때였다. 변장한 에드거가 그들 뒤를 따라가다가 올버니 공작을 슬쩍 건드렸다. 올버니 공작이 뒤를 돌아보며 말했다.

"넌 누구냐?"

"전 그냥 불쌍한 사람입니다. 공작님께 한마디 긴히 드릴 말씀이 있으니, 잠깐만 시간을 내주십시오."

올버니 공작은 정이 많고 마음이 약한 사람이었다. 그는 일행을 먼저 보낸 후 에드거에게 말했다.

"그래, 무슨 일인가? 어서 말해보라."

그러자 에드거가 편지 한 통을 내밀며 말했다.

"전투에 나서기 직전에 이 편지를 뜯어보십시오. 만일 승리하시거든 이 편지를 가져온 사람을 부르는 나팔을 부십시오. 제가 비록 초라해 보이지만, 거기 쓰인 내용을 입증해줄 전사를 내놓을 수 있습니다. 만일 당신이 패한다면, 당신은 그대로 최후를 맞이하고 음모도 끝날 것입니다. 무운을 빕니다."

"내가 이 편지를 읽을 때까지 남아 있으라."

"제게는 금지된 일입니다. 때가 되면 나팔을 세 번 부십시오. 제가 다시 나타날 것입니다."

올버니 공작은 에드거를 선선히 보내주고 자신의 막사로 향했다.

이제 결전이 임박해 있었다.

콘월 공작의 부대를 이끌고 있는 에드먼드는 시커먼 속셈을 가지고 있었다. 그는 두 자매 모두에게 사랑을 맹세했다. 그래서 고너릴과 리건은 독사에 물린 자가 독사를 증오하듯 서로를 증오하고 있었다. 그는 두 자매 중 누구도 진심으로 사랑하지 않았다. 다만 자신의 야심을 위해 둘을 이용하고 있을 뿐이었다.

그는 속으로 계산했다.

'누굴 선택할까? 둘 다 살려두면 아무와도 즐길 수 없을 건 분명하지. 우선은 과부인 리건을 택하는 거야. 그러면 언니가 약이 올라 미치겠지. 남편이 살아 있으니 나와 한 약속도 지키긴 힘들 거고. 그녀는 지금 남편의 권위를 전쟁에만 이용하려 하고 있어. 상황이 끝나면 남편을 없애고 싶어 해. 그녀에게 남편을 제거할 구실을 주는 거야. 공작이 리어와 코딜리어에게 베푼 자비는 큰 죄가 될 수 있으니까. 그럼 난 절대자의 자리에 오르게 되는 거야.'

양편 군대가 들판을 가운데 두고 마주하고 있는 사이, 농부 차림의 에드거가 글로스터 백작의 손을 잡고 들판 한쪽 나무 아래로 이끌었다. 에드거는 글로스터 백작을 나무 그늘에 앉힌 후 전투가 벌어지고 있는 곳으로 갔다.

치열한 전투 끝에 싸움은 브리튼 왕국의 승리로 끝났다. 결과를 안 에드거는 황급히 아버지 글로스터 백작에게로 가서 말했다.

"가야 해요. 어르신! 어서 손을 주세요. 리어 왕이 졌고, 딸과 함께 포로로 잡혔어요. 자, 제 손을 잡으세요, 어서!"

"안 가겠다. 여기서도 충분히 썩을 수 있어."

"뭐라고요? 또 그런 나약한 생각을 하시는 겁니까? 인간은 이리로 올 때도 참고 기다렸듯이, 저리로 갈 때도 참고 견뎌야 합니다. 다 때가 있는 법입니다. 자, 어서요."

"그래, 그 말이 맞아."

글로스터 백작은 에드거의 손을 잡고 자리에서 일어났다.


브리튼 진영에서는 에드먼드가 포로로 잡힌 리어 왕과 코딜리어를 끌고 온 장교를 은밀히 불러 뭔가 지시를 내리고 있었다.

"이봐, 난 이미 자네를 한 계급 올려줬어. 여기 적힌 대로 하면 큰 부귀를 누리게 될 거야. 연약한 마음은 군인에게는 안 어울려. 큰일이라서 질문은 용납 못 해. 어때, 하겠다고 대답할 거야, 아니면 다른 데서 출세 길을 알아볼 거야?"

"하겠습니다."

장교가 쪽지를 받고 떠나자, 에드먼드는 올버니 공작과 고너릴, 리건이 있는 막사로 들어갔다.

에드먼드를 보자 올버니 공작이 그에게 치하했다.

"경은 오늘 가문의 용맹을 보여주었소. 자, 오늘 싸움의 포로들을 그대가 잡고 있는 걸로 알고 있소. 그들을 내게 넘기시오. 그들의 명예와 우리의 안전을 고려하여 공정하게 판단하려 하오."

그러자 에드먼드가 당당하게 말했다.

"비참한 늙은 왕을 알맞은 곳에 가두고 감시하게 하는 게 적당하다고 판단했습니다. 민심을 끌 우려가 있어서입니다. 마찬가지 이유로 프랑스 왕비도 함께 보냈습니다. 나중에 공께서 심문하실 때 데려오겠습니다. 지금은 이 전투에서 피와 땀을 흘린 아군을 위로해야 할 때입니다. 코딜리어와 그 아버지 문제 처리는 더 적절한 때와 장소가 필요하다고 생각합니다."

"아니, 글로스터 백작! 미안한 말이지만 나는 경을 부하로만 생각했지 동료로 생각하지 않았는데."

그러자 리건이 나섰다.

"그건 제가 그를 높이기 나름이지요. 형부는 그런 말씀을 하시기 전에 제 뜻을 물었어야 한다고 생각하는데요. 그는 제가 가진 권력을 행사했고 제 지위와 권한을 지녔으니, 지금은 형부의 동료라고 불려도 손색이 없지요."

그러자 고너릴이 가만히 있지 못했다.

"너, 너무 생색내지 마! 그는 네가 준 직권으로 이름을 높인 게 아니야. 스스로 지닌 장점으로 한 거지."

"천만에, 바로 내가 부여한 내 권리로 그는 최고가 된 거야."

리건이 언성을 높였다. 그러자 고너릴이 말했다.

"흥, 그가 네 남편이 된다면 최고겠지."

"그래, 언니. 말 잘했어."

그런 후 리건은 에드먼드를 향해 말했다.

"장군, 내 병사들과 포로와 세습 재산을 모두 넘겨주니 알아서 처분해요. 나까지도. 이 몸은 당신 거예요. 이 세상을 증인 삼아 당신을 내 주인으로 삼겠어요."

고너릴이 어이없다는 표정을 지으며 말했다.

"너, 저 사람을 데리고 놀겠다는 거니?"

자매의 설전을 보고 있던 올버니가 보다 못해 한마디 했다.

"흥, 그냥 내버려두는 건 당신 뜻에 어긋나겠지."

그러자 에드먼드가 끼어들었다.

"공의 뜻도 아니겠지요."

"이 서출 놈아! 난 아무래도 상관없어!"

그러자 리건이 에드먼드에게 외쳤다.

"어서 북을 울려요. 내 권리를 당신에게 양도했다는 걸 증명해 보여요."

그러자 올버니 공작이 노기를 띤 음성으로 소리쳤다.

"멈추지 못해! 내 말 잘 들어! 에드먼드, 너를 반역죄로 체포한다."

이어서 그는 아내 고너릴을 향해 말했다.

"이 독사야! 네 권한을 모두 박탈한다."

다음으로 그는 리건을 가리키며 말했다.

"처제의 요구는 내 아내를 위해 못 들어주겠소. 내 아내는 이 사내와 하청 계약을 맺었소. 나는 그녀의 남편으로서 당신의 권리 포기에 반대하오. 결혼하려거든 차라리 내게 구애하시오. 내 아내가 저 사내와 먼저 예약이 되어 있소."

이어서 다들 막사 밖으로 나갔고, 올버니 공작은 에드먼드를 향해 외쳤다.

"글로스터 백작, 너는 무장했다. 자, 나팔을 불어라! 네가 흉악무도한 배반을 저지르지 않았음을 입증해줄 사람이 안 나서면, 내가 네 죄를 입증해주마! 내 심장을 걸고서, 너는 내가 방금 천명한 바로 그런 자임을 증명해 보이겠다.”

올버니 공작의 말에 고너릴과 리건은 사색이 되어 비틀거렸다. 하지만 에드먼드는 겁 없이 앞으로 나서며 항의했다.

“누가 나를 반역자로 모는지 모르지만, 악당의 거짓말이오. 그놈을 불러오시오. 그놈이건 당신이건 그 누구건, 난 내 진실과 명예를 굳게 지키겠소.”

리건은 계속 비틀거렸고, 올버니 공작의 명으로 병사가 그녀를 부축해서 막사로 데려갔다.

올버니 공작은 나팔을 세 번 불게 했고, 잠시 후 무장한 에드거가 등장했다. 에드거는 이제 신분을 밝히라는 올버니 공작의 요구에 말했다.

“저는 이름을 잃었습니다. 반역의 이빨에 물어 뜯겨 없어졌습니다. 하지만 제가 상대할 사람과 동등한 신분이란 것은 밝힐 수 있습니다.”

올버니 공작이 물었다.

“누구와 상대하겠다는 건가?”

“에드먼드 글로스터 백작입니다.”

이어서 그는 칼을 뽑으며 에드먼드에게 말했다.

"그 칼을 뽑아라. 내 말이 귀에 거슬린다면 그 칼로 화를 풀어라. 나는 네가 역적임을 분명히 밝힌다. 너는 네 형과 아버지께 거짓을 고했으며, 높으신 군주께 맞서 반역을 꾀했다. 너는 독 두꺼비처럼 철저한 역적이다. 어디, 아니면 아니라고 말해봐라!"

"네 이름을 묻는 게 현명하겠지만, 겉모습도 멋지고 늠름해 보이고 입에서 나오는 말도 교육받은 냄새가 나니, 난 기사도의 법칙에 따라 그 일은 나중으로 미루겠다. 네가 말한 반역죄를 너한테 도로 던져주마. 그 못된 거짓들이 네 심장을 으깨놓도록 내 칼로 즉시 길을 뚫어주마! 자, 나팔을 불어라!"

두 사람은 칼을 들고 결투를 벌였다. 하지만 자신의 배신을 감추려는 자의 칼날은 분노의 힘을 실은 자의 칼날을 이길 수 없었다. 에드먼드는 에드거의 칼을 맞고 쓰러졌다.

에드먼드가 쓰러지자 올버니 공작이 큰 소리로 외쳤다.

"그를 죽이지 마라! 그를 살려라!"

고너릴이 쓰러진 에드먼드를 부축하며 외쳤다.

"글로스터 백작, 이건 음모예요! 당신은 이름도 모르는 자와 싸우는 게 아니었어요. 그건 결투의 예법에도 어긋나요. 당신은 패한 게 아니에요. 당신은 속아 넘어간 거예요."

그러자 올버니 공작이 둘을 향해 편지를 던지며 말했다.

"닥쳐라, 이 여자야! 네 입에서 속아 넘어갔다는 말이 나오느냐? 네가 무슨 악행을 저질렀는지 직접 읽어봐라. 에드먼드! 그 편지를 알아보겠지?"

"아는 걸 묻지 마시오."

편지를 본 고너릴은 얼굴이 하얗게 질렸다. 그녀는 비틀거리며 시녀의 부축을 받아 막사로 들어갔다. 체념한 에드먼드가 올버니 공작에게 말했다.

"그렇소. 당신이 고발한 일들을 내가 했소. 그리고 그보다 더 많은…… 훨씬 많은 일들을……. 시간이 흐르면 다 드러날 것이오. 하지만 그건 지금의 나처럼 이미 지나간 일이오."

이어서 그는 에드거에게 말했다.

"요행히 나를 이긴 너는 누구냐? 고귀한 자라면 너를 용서해주겠다."

"우리 서로 자비를 베풀자, 에드먼드. 내 신분은 너에 못지않다. 내 이름은 에드거, 네 아버지의 아들이다. 신들께서는 공정하셔서 우리가 즐겨 쓰는 악덕을 우리를 징벌하는 도구로 삼으시지. 그래서 아버지께서 너를 얻은 어둡고 사악한 그곳에서 바로 그분의 눈을 앗아가신 것이다."

"아, 형님. 에드거 형님이셨군요……. 맞는 말이에요. 형님 말이 사실입니다. 이제 수레바퀴가 한 바퀴 다 돌았고, 나는 여기에 이런 처지로 있으니까요."

그러자 올버니 공작이 에드거에게 말했다.

"에드거, 나는 그대의 행동이 귀족의 고귀함을 보여준다고 생각하네. 내가 그대와 그대 부친을 미워한 적이 있었다면, 아마 내 가슴은 슬픔으로 찢어졌을 것이네."

"공작님, 잘 알고 있습니다."

"그래, 어디 숨어 있었나? 아버지가 불행한 일을 겪은 사실은 어떻게 알았나?"

에드거는 그동안 자신이 거지 행세를 하며 지낸 일, 아버지를 모시고, 아버지의 목숨을 구한 일 등을 이야기해주었다. 그의 말이 끝나자 올버니 공작이 부친 글로스터 백작은 지금 어디 있느냐고 물었다. 그러자 에드거가 눈물을 흘리며 말했다.

"저는 나팔 소리가 울리기를 기다리며 무장을 하고 있었지요. 그때까지 저는 아버지께 제 정체를 밝히지 않았습니다. 아, 제 실수였지요. 마침내 제가 에드거임을 밝히고 그동안의 일을 다 말씀드리자, 아버지께서는…… 기쁨과 슬픔, 두 극한의 감정을 견딜 수 없어, 그 갈등을 이길 수 없어, 그만 쓰러지시고 말았습니다. 저는 울부짖었습니다. 그때 누군가가 우리가 숨어 있는 움집으로 들어왔습니다. 그는 하늘을 향해 고함을 지르더니 아버지께 몸을 던졌습니다. 그리고 리어 전하와 자신이 겪은, 정말로 비참한 일을 아버지께 들려주었습니다. 그 이야기를 들으시는 도중 아버지는 점점 비탄에 잠기시더니 그만, 그만……. 그때 두 번째 나팔 소리가 들렸고, 저는 실신한 아버지를 남겨둔 채 이곳으로 왔습니다."

올버니 공작이 황급히 물었다.

"그래, 그 사람은 누구였는가?"

"켄트 백작, 추방당한 켄트 백작입니다. 변장한 채 원수 같은 국왕을 따라다니며 노예라도 하지 못할 봉사를 다했습니다."

그때였다. 기사 한 명이 피 묻은 칼을 든 채 막사 밖으로 달려 나오며 소리쳤다.

"아, 맙소사! 어떻게 이런 일이!"

올버니 공작이 황급히 물었다.

"도대체 무슨 일이냐? 칼에 웬 피가 묻어 있느냐?"

"이건, 이건 바로, 그분의 뜨거운 심장에서! 아, 그분이 죽었습니다. 공작님 부인께서요! 부인의 동생은 부인 손에 독살되었습니다. 죽기 전에 모든 것을 자백했습니다."

그러자 쓰러져 있던 에드먼드가 말했다.

"난 그 두 사람과 약혼을 했습니다. 이제 셋이서 한 순간에 결혼하는 셈이군요."

올버니 공작이 명령했다.

"살았든 죽었든 그 둘을 데려오라."

명령을 받은 병사들이 두 사람의 시체를 들고 나왔다.

그 순간 켄트 백작이 나타났다. 그를 본 올버니 공작이 말했다.

"아, 켄트 백작? 격식에 따라 예의를 갖추어야겠지만 상황이 허락하지 않는군요."

그러자 켄트 백작이 말했다.

"저는 전하께서 여기 계신 줄 알고 왔습니다. 이곳에 계시지 않은가요?"

그제야 올버니 공작이 정신이 돌아온 듯 말했다.

"아차, 깜빡 잊고 있었구나! 에드먼드, 국왕은 어디 계신가? 코딜리어는?"

이어서 그는 고너릴과 리건의 시체를 가리키며 켄트 백작에게 말했다.

"켄트 백작, 저 광경이 보입니까?"

"아니, 어쩌다가?"

그러자 에드먼드가 입을 열었다.

"어쨌든 나는 사랑받았구나. 한쪽이 나를 위해 다른 쪽을 독살하고 자결했으니. 아, 숨이 가빠오는구나. 여러분, 이제 내 본성에 어울리지 않게 좋은 일을 해보려 합니다. 지금 즉시 성으로 사람을 보내십시오. 리어 왕과 코딜리어를 죽이라는 밀명을 내렸습니다. 늦기 전에 어서 사람을 보내십시오."

올버니 공작은 기사에게 어서 달려가라고 명령했고 에드거도 서두르라고 재촉했다. 명령을 받은 기사는 징표로 에드먼드의 칼을 받은 뒤 황급히 성을 향해 뛰어갔다.

에드먼드가 다시 입을 열었다.

"감옥에서 코딜리어의 목을 매달고, 절망 때문에 그녀 스스로 저지른 짓으로 위장하라고 지시했습니다."

"더 이상 듣기 싫구나. 어서 저놈을 안으로 옮겨라."

올버니 공작의 명령에 병사들이 에드먼드를 들어 안으로 옮겼다.

잠시 후 두 팔로 코딜리어를 안아 든 리어 왕이 기사와 함께 나타났다. 리어 왕은 울부짖었다.

"아, 통곡, 통곡, 통곡한다! 이, 돌 같은 인간들아! 내가 그대들의 혀와 입을 가졌다면 하늘이 깨지도록 울부짖을 것이다! 아, 이 아이는 영영 가버렸다! 아니야, 아직 살아 있는지도 몰라!"

리어 왕은 코딜리어를 땅에 내려놓으며 말했다.

"내게 거울을 갖다다오. 이 아이 숨결로 거기에 김이 서리면 이 아이는 살아 있는 거야."

켄트 백작이 탄식했다.

"아, 이것이 예정된 종말이란 말인가?"

그때였다. 리어 왕이 부르짖었다.

"깃털이 움직인다! 이 아이가 살아 있어! 그렇게만 된다면 내가 이제껏 겪은 슬픔을 모두 보상해줄 수 있을 거야!"

그러나 곧바로 그가 다시 외쳤다.

"염병에나 걸려라! 이 살인자들! 이 역적들! 이 아이를 구할 수도 있었는데, 이제 영영 가버렸어! 코딜리어, 코딜리어, 잠시만 머물러다오!"

그는 코딜리어의 입에 귀를 갖다 댔다.

"뭐라고? 그래, 말 좀 해봐. 이 아이 목소리는 언제나 부드럽고 상냥하고 조용했어. 얘야, 내가 널 목매단 그 잡놈을 죽여버렸다. 내가 칼로 그놈을 해치웠어!"

켄트 백작이 리어 왕 앞에 무릎을 꿇으며 말했다.

"아, 전하."

"눈이 침침하구나. 이게 누군가? 켄트 백작 아닌가?"

"맞습니다, 전하! 전하께서 불행에 빠지셨을 때부터 그 슬픈 발길을 따랐던. 따님 두 분은 절망에 사로잡혀 자살했습니다."

"음, 그럴 거라 생각해."

그러자 올버니 공작이 말했다.

"전하께서는 자신이 무슨 말을 하는지 모르시오. 그러니 우리 신분을 밝혀도 소용없소."

그때 기사가 안에서 나오며 에드먼드가 죽었음을 알렸다. 그러자 올버니 공작이 말했다.

"지금 여기서 그건 아주 하찮은 일일 뿐이오. 여러 경들과 고결한 친구 분들 앞에서 내 뜻을 밝히겠소. 이 연로하신 국왕께 위안이 되는 일이라면 뭐든지 해드릴 것이오. 전하께서 살아 계시는 동안, 내 절대 권한을 모두 전하께 양도하겠소. 에드거와 켄트 백작, 그대들의 영예로운 행위에 대해서도 충분한 보상을 해줄 것이오."

그때였다. 리어 왕의 절망에 찬 목소리가 들렸다.

"아, 불쌍한 내 바보가 죽었다. 생명이 없다, 없어! 개도 말도 쥐도 생명이 있는데, 너는 왜 숨을 쉬지 않는 거냐? 넌 다시 못 돌아와! 절대로! 절대로! 절대로! 절대로! 이 단추 좀 풀어다오. 고맙구나. 이거 보여? 봐! 이 아이를 봐! 애 입술을 봐! 여기! 여길 봐!"

그 말을 끝으로 리어 왕은 숨을 거두었다. 에드거와 켄트 백작은 절규했다.

이윽고 정신을 수습한 켄트 백작이 말했다.

"전하의 혼령을 괴롭히지 맙시다. 가시도록 해줍시다. 누구든 이 험한 세상의 형틀에 전하를 더 이상 묶어두려 한다면 전하는 그 사람을 미워할 것입니다."

올버니 공작이 말했다.

"자, 이분들을 모셔라. 이제 우리 모두에게는 애도할 일만 남았으니. 에드거 클로스터 경, 그리고 켄트 백작, 그대들은 내 영혼의 친구니 상처 입은 이 왕국을 다스리고 지켜주시오."

그러자 켄트 백작이 말했다.

"저는 급히 여행을 떠나야겠습니다. 주인님이 저를 부르고 계십니다. 마다할 수가 없습니다."

그러자 에드거가 입을 열었다.

"켄트 백작님, 이 슬픈 시국의 무게를 받아들이셔야 합니다. 하셔야 할 말을 하실 것이 아니라 느끼시는 대로 말씀해주시기 바랍니다. 가장 나이 드신 분이 가장 잘 견뎌주셨습니다. 젊은 우리는 결코 백작님만큼 많이 보지도 못할 것이며, 길게 살지도 못할 것입니다."

그의 말이 끝나자 죽음의 행진곡이 울려 퍼졌다.

# 『셰익스피어 비극』을 찾아서

셰익스피어의 희극에 이어 이 책에서는 비극을 만나본다. 그런데 셰익스피어 하면 우선 떠오르는 작품이 『로미오와 줄리엣』 같은 비극이다. 또 셰익스피어의 대표작으로는 4대 비극인 『햄릿』『오셀로』『맥베스』『리어 왕』을 꼽는다. 왜 비극일까? 왜 셰익스피어는 스스로 자신의 삶을 개척해가는 당당한 인간보다는 비극적인 인물들을 우리에게 더 많이 보여주었을까?

인간이 간단한 존재가 아니기 때문이다. 온갖 오만, 탐욕, 질투가 속에 들끓고 있는 복잡한 존재가 인간이기 때문이다. 그런 오만, 탐욕, 질투 때문에 찢기는 존재가 인간이기 때문이다. 더 정확히 말하자. 우리의 삶에는 행복과 기쁨보다는 불행과 슬픔이 더 많기 때문이다.

셰익스피어가 문학사에서 가장 중요한 작가의 한 명으로 꼽히고 오늘 날에도 많은 사람들에게 사랑을 받는 것은 바로 그 때문이다. 16세기의 작가인 셰익스피어가 보여주는 인간의 모습은 바로 지금의 우리의 모습이고 언제나 변함없는 인간의 모습이기 때문이다. 여러분은 셰익스피어를 읽으며 셰익스피어 시대로 되돌아갈 필요가 없다. 그의 작품을 읽으며 지금 자신의 고민을 다시 발견하고 자기를 되돌아보면 된다. 거기서 위안을 얻고 자신을 더 깊이 들여다보는 기회로 삼으면 된다. 아니다. 그냥 그의 작품들을 읽으며 안타까워하고, 분노하고, 공감하면 된다. 위안을 얻고 즐거워해도 된다. 장담하지만 그것만으로도 여러분은 자기 삶의 주인이 되는 길에 조금 더 가까이 갈 수 있다.

『햄릿』은 복수극이다. 우리가 흔히 알고 있는 복수극은 대개 해피엔딩이다. 주인공이 원수에게 시원하게 복수하는 것으로 끝난다. 원수를 갚은 주인공은 누가 봐도 훌륭한 사람이다. 보는 이의 속이 후련해지고 박수를 친다. 그 복수극을 통해 대리

만족을 얻는다. 거기서 무엇보다 중요한 건 주인공의 의지다.

그런데 『햄릿』은 다르다. 『햄릿』은 비극이다. 훌륭한 아버지를 죽이고 왕위를 찬탈한 삼촌 클로디어스, 그 삼촌과 불륜을 맺고 금세 결혼해버린 어머니 거트루드, 그들은 누가 봐도 큰 죄를 지은 이들이다. 햄릿은 아버지의 유령에게서 그 사실을 전해 듣는다. 상식이라면 즉각 복수에 나서는 게 옳다. 하지만 햄릿은 망설인다. 그가 성격이 우유부단하기 때문만은 아니다. 생각이 많기 때문이다. 생각이 깊기 때문이다.

복수라는 문제에 대해 한번 생각해보자. 아버지를 해친 자에게 복수를 하는 것은 당연하다. 가장 간단한 해결책이다. 그런데 조금 생각이 깊어지면 즉각 행동에 나서지 못한다. 복수를 하면 피를 보게 된다. 일종의 폭력이다. 복수의 이름으로 저지르는 폭력은 정당화될 수 있는가? 폭력에 대해 폭력을 행사하는 것 역시 죄가 아닐까? 망설여지지 않을 수 없다.

또 있다. 죄인이 벌을 받는 건 당연하다. 그런데 과연 나에게 그 벌을 내릴 자격이 있는가? 나는 과연 깨끗한가? 나는 절대로 그런 죄를 짓지 않으리라는 보장이 있는가? 과연 내가 그 죄를 응징할 만큼 올바른 사람인가? 망설임이 깊어진다.

한 걸음 더 나아가자. 예수님은 원수를 사랑하라 하지 않았는가? 그 원수를 향한 복수심을 키우기보다는 원수조차 사랑하는 마음을 키우는 게 더 중요한 일 아닐까? 이 정도 되면 복수의 문제는 뒤로 물러나고 순전히 내 마음의 드라마가 된다.

『햄릿』은 바로 그런 마음의 드라마다. 『햄릿』은 단순한 복수극이 아니다. 어떻게 사는 것이 진정으로 올바르게 사는 것이냐 고민하게 만드는 드라마다. 그 고민을 압축해놓은 것이 바로 "To be, or not to be: that is the question"이라는 햄릿의 독백이다. 많은 사람들이 "사느냐 죽느냐, 그것이 문제로다"라고 옮긴 이 말을 나는 "있음이냐 없음이냐, 그것이 문제다"로 옮겼다. 참고로 최종철 교수도 그렇게 옮겼다. 이유는 딱 하나다. "사느냐 죽느냐"로 옮기면 '원수에 대해 눈감고 그냥 살아가느냐, 아니면 복수를 하고 죽느냐' 양자택일의 문제처럼 읽히기 쉽다. 간단히 말하자. 'To be, or not to be'는 '사느냐 죽느냐'의 갈등이 아니라, '어떻게 살 것이냐' 하는 갈등이다.

무슨 갈등? 한쪽엔 이런 마음이 있다. '복잡하게 생각하지 말고 그냥 복수해버려? 내가 지금 마주치고 있는 문제를 그냥 해결해버려?' 하는 마음. 그런데 다른 생각들이 떠오른다.

앞서 예로 든 그런 생각들이다. 그 복잡한 생각들이 바로 'not to be'다. 이것은 마주치고 있는 문제에서 한 걸음 비켜나서 드는 생각들이다. 마치 자신이 그 문제의 한복판에 서 있지 않은 것처럼 여기게 만드는 생각들이다.

어려운 문제다. 참으로 풀기 어려운 갈등이다. 『햄릿』이 위대한 작품이고 지금도 사람들의 사랑을 받는 것은, 주인공 햄릿이 안고 있는 문제가 인간으로 태어나는 한 누구나 언제고 마주할 문제이기 때문이다. 아무도 시원하게 답을 줄 수 없는 문제이기 때문이다. 그 문제는 우리가 살아 있는 한 한 번은 던져야만 하는 질문이다.

하지만 딱 한 가지 확실한 게 있다. 그런 질문을 『햄릿』과 함께 해보는 것, 햄릿과 함께 그런 갈등 속에 빠져보는 것이 바로 여러분이 자기 삶의 주인임을 확인하는 길이라는 것이다. 햄릿을 읽으면서 우리는 자기 자신을 볼 수 있다.


『오셀로』는 질투의 드라마다. 그런데 우리가 흔히 알고 있는 평범한 질투 이야기가 아니다.

우리는 언제 질투를 느낄까? 내가 갖지 못한 것을 남이 가지고 있을 때 질투를 느낀다. 그런 질투심은 누구에게나 있다. 너무 지나치지만 않으면 그런 질투심은 그다지 위험하지 않다. 때로는 유익하기까지 하다.

질투심이 유익할 수도 있다고? 무슨 소리일까? 예를 들어보자. 아주 훌륭한 사람이 가까이 있다고 치자. 생각도 그렇고 행동도 그렇고 도저히 따라갈 수 없다. 질투심이 생기는 게 당연하다. 그 질투심을 못 견뎌 그를 따라잡으려고 애쓰게 된다. 그와 비슷해지려고 노력하게 된다. 그의 흉내를 내게 된다. 이건 정말로 좋은 질투심이다. 질투심 덕분에 그 사람의 훌륭한 생각과 행동을 좇아 하게 되는 것이니, 자기 발전에 큰 도움이 된다. 우리가 위인이나 훌륭한 사람들의 이야기를 읽는 것은 그들에게서 뭔가 배우기 위해서다. 그들처럼 훌륭하게 살기 위해서다. 그들 같은 사람이 되려면 그들에게 질투심을 느껴야 한다. '나라고 그들만큼 못 되리라는 법 있어?'라고 자기 자신을 부추겨야 한다. 그런 질투심은 얼마든지 키워도 좋다.

그러나 많은 경우 질투심은 위험하다. 질투에 사로잡혀 정작 자신은 돌보지 못하게 된다. 정작 해야 할 일은 제쳐놓게 만든다. 진짜 중요한 걸 볼 수 없게 만든다. 사람을 맹목적으로 만든

다. 그중 가장 위험한 경우가 질투심이 사랑과 결합할 때다.

사랑과 질투에는 공통점이 있다. 사랑도 사람을 눈멀게 하고 질투도 사람을 눈멀게 한다. 대상을 있는 그대로 보지 못하게 한다. 심지어 사랑이 깊을수록 질투도 커진다. 『오셀로』는 주인공 오셀로가 아내를 너무나 사랑하기에 더 커질 수밖에 없는 질투의 드라마다. 결국 사랑하는 아내를 자기 손으로 죽이고 마는 비극적 드라마다.

오셀로는 실제로 있지도 않은 일을 상상하며 아내를 질투한다. 그러면서 더 절망에 빠진다. 아내가 실제로 불륜을 저질렀기에 질투하는 것이 아니라, 불륜을 저질렀다고 상상하며 질투한다. 그래서 더 위험하다. 상상 속에서 아내의 불륜을 한껏 키우기 때문이다. 그 상상 속에서 실제로 있지도 않은 것을 본다. 보았다고 착각한다. 아주 심한 의처증에 걸린다. 아내의 부정이 질투를 유발한 것이 아니라 질투심이 아내의 부정을 지어낸다. 만일 그런 질투심이 내 안에서 자라고 있다면 서둘러 싹을 잘라버려야 한다. 그러지 않으면 연옥에 갈지 모른다.

단테의 『신곡』을 보면 질투심에 사로잡혀 살던 자들은 제2연옥에서 벌을 받는다. 그들의 눈꺼풀은 모조리 철사로 꿰매져 있다. 진실을 제대로 보지 못한 죄의 벌을 받고 있는 것이다. 누군 가를 사랑하게 된다면 무조건 그 사람을 믿어야 한다. 사랑으로 눈이 머는 것은 축복이지만 질투로 눈이 머는 것은 죄악이다.

　　오셀로가 질투와 분노 때문에 아내를 살해하는 악행을 저질렀다면, 『맥베스』의 주인공 맥베스는 야망과 탐욕 때문에 사촌인 덩컨 왕을 죽이고 왕위를 찬탈하는 악행을 저지른다. 악행을 저질렀다는 의미에서 둘은 공통점을 지니고 있다. 하지만 다른 점이 있다. 오셀로는 작품 마지막에 가서야 악행을 저지른다. 그는 애당초 악당이 아니라 이아고라는 악당의 음모에 넘어가서 질투의 화신이 된다. 반면에 맥베스는 처음부터 악행을 저지른다. 『맥베스』는 셰익스피어의 다른 작품들과 달리 애당초 악당이 주인공인 셈이다.

　　하지만 맥베스가 악당이 된 데도 이유가 있다. 사실 그는 처음에 충직하고 용감한 장군으로 등장한다. 우리가 존경할 만한 인물로 말이다. 그런데 그의 앞에 마녀들이 나타나서 그가 왕이 되리라고 예언한다. 마녀들의 예언은 일종의 유혹이다. 왕이 되라는 유혹! 그 유혹은 과연 밖에서 온 것일까, 안에서 온 것일까? 안에서 온 것이다. 왕이 되고자 하는 맥베스 내면의 야심이 마녀들의 예언으로 바뀌어 표출된 셈이다. 맥베스는 갈등 끝에 그 야심에 굴복한다.

그러고 나면 어떻게 될까? 맥베스는 야심을 이룬다. 왕이 된다. 겉으로는 성공한 듯 보인다. 그러나 그 성공 끝에 몰락하기 시작한다. 용감한 장군에서 폭군이 되어간다. 당당하던 인간에서 죄에 시달리는 나약한 인간이 되어간다. 사람들은 주변에서 모두 멀어지며, 맥베스는 점점 생기를 잃고 회의와 불안에 시달린다. 맥베스를 부추겨 왕을 살해하게 만든 맥베스 부인은 몽유병에 시달린다. 그녀는 밤중에 잠든 상태에서 일어나 죄악의 피로 더럽혀진 자신의 손을 씻으려 한다. 셰익스피어 희곡 가운데 가장 유명한 장면 중 하나다. 그러나 그 죄가 씻길 리 만무하다.

악행의 길을 선택한 것은 바로 맥베스 자신이다. 그런 의미에서 이아고의 음모에 넘어가 아내를 살해한 오셀로보다 맥베스가 더 비극적이다. 오셀로의 질투는 이아고라는 악당이 곁에서 불을 붙인 것이지만 맥베스의 야망은 자신이 안에서 키운 것이다.

우리는 그처럼 나약한 존재다. 밖에서 오는 것이건 안에서 키운 것이건 끊임없이 유혹에 시달린다. 그리고 대부분의 경우 그 유혹은 달콤하다. 그래서 쉽게 그 유혹에 넘어간다. 오셀로처럼 순수하면 순수할수록 밖에서 오는 유혹에 넘어가기 쉽다. 맥베스처럼 자기 안의 야망이 크면 클수록 유혹이 더 강하다. 그래서 더 큰 죄를 짓기 쉽다. 이런 오셀로와 맥베스는 바로 우리 자신의 모습일 수 있다.

인간은 유혹에 시달릴 수밖에 없는 존재라는 것, 유혹에 넘어가 악행을 저지를 수밖에 없는 존재라는 것, 그것이 인간의 비극이다. 그리고 맥베스처럼 그 비극의 씨앗을 자기 내부에서 키우고 있다는 것, 그것이 더 큰 비극이다.

하지만 한편으로 그렇기 때문에 인간은 위대할 수 있다. 그 유혹을 이겨낼 수 있는 힘이 인간에게 있기 때문이다. 『맥베스』를 비롯한 셰익스피어의 비극은 우리에게 그 힘이 있다는 사실을 역설적으로 깨우쳐준다. 우리 안에는 악을 행하라는 유혹만이 아니라 선을 행하라는 유혹, 선을 추구하는 의지도 있음을 보여준다. 셰익스피어의 작품들을 읽으며 그 힘을 함께 느껴보자!

『리어 왕』은 셰익스피어의 4대 비극 중에서 가장 처절한 비극의 드라마다. 그리고 우리의 가슴을 가장 아프게 하는 드라마기도 하다.

리어 왕에게는 세 딸이 있다. 위의 두 딸, 고너릴과 리건은 아버지를 사랑하지 않는다. 진심으로 아버지를 사랑하는 딸은 셋째 코딜리어뿐이다. 그러나 고너릴과 리건은 아버지를 사랑한다고 미사여구를 늘어놓아 자기들이 원하는 것을 얻는다. 하지만 코딜리어는 언니들처럼 아버지를 사랑한다고 말하지 못한다. 왜? 말은 사랑을 담을 수 없기 때문이다.

큰딸 고너릴이 자신의 사랑을 자랑하는 중에 막내딸 코딜리어는 "나는 무슨 말을 하지? 사랑은 침묵인데"라고 혼자 중얼거린다. 사랑의 진실은 말을 하는 순간 훼손될 수 있기에 침묵으로 보여줄 수밖에 없다는 뜻이다. 나를 얼마나 사랑하는지 보여달라는 아버지의 요구에 코딜리어가 "없습니다"라고 대답하는 것은 사랑이 없다는 뜻이 아니다. 진실로 아버지를 사랑하기에 말로 표현할 것이 없다는 뜻이다. 이어서 둘째 딸 리건이 자신의 사랑을 늘어놓을 때 코딜리어는 "아, 어쩌지? 하지만 괜찮아. 내 사랑은 분명 내 입보다는 무거울 테니까"

라고 중얼거린다. 코딜리어의 아버지를 향한 사랑은 진정한 사랑이다. 하지만 진정한 사랑이기에, 너무나 소중한 사랑이기에 그 사랑을 말로 훼손할 수 없다. 그녀가 소중하게 여기는 것은 진정한 사랑 그 자체다. 반면에 언니들은 얼마든지 아버지를 사랑한다고 아부할 수 있다. 그녀들에게 중요한 것은 사랑의 표현일 뿐, 사랑 자체가 아니다. 그녀들은 말이 훼손시킬까 봐 걱정되는 진정한 사랑을 갖고 있지 않다.

그런데 현실은 어떤가? 언니들의 번지르르한 말을 아버지 리어 왕은 진실로 받아들인다. 코딜리어의 침묵을 '사랑 없음'으로 받아들인다. 바로 여기에 이 작품의 비극성이 있다. 진실은 결코 말로 드러날 수 없으며 언제나 감추어져 있을 수밖에 없다는 숙명, 바로 그것이 그 비극성의 핵심이다.

『리어 왕』에서 우리를 안타깝게 하는 인물들이 또 있다. 바로 에드거와 켄트 백작이다. 그들은 코딜리어와 마찬가지로 진정한 사랑을 하는 사람들이다. 에드거는 자신을 오해한 아버지에게 효성을 다하며, 켄트 백작은 자신을 추방한 리어 왕에게 충성을 다 바친다. 그러나 그들은 신분을 감출 수밖에 없는 처지에 놓인다. 그래서 변장을 한 채 자신들이 사랑하는 사람을 이끌고 도와준다. 그런데 그들은 분명히 각자 아버지와 리어 왕 앞에서 자신들의 정체를 밝힐 수 있는 순간이 되었는데도 그러지 않는다. 끝까지 침묵하는 것이다. 에드거의 침묵 때문에 그의 아버지인 글로스터 백작은 죽음을 맞이하고, 켄트 백작의 침묵 때문에 코딜리어와 리어 왕은 비극적 결말을 맞이한다.

그들의 침묵은 코딜리어의 침묵과 그 의미가 같다. 진실이 너무나 소중하기에 그것을 드러내지 않고 감춘다는 것, 바로 그것이다. 그들이 침묵하는 것은 그들의 성격 탓이 아니다. '진실'이 지닌 숙명적 속성 때문이다.

『리어 왕』을 읽으면서 우리는 묻는다. 과연 진실은 드러날 수 없는 것인가? 과연 사랑은 말로 보여줄 수 없는 것인가? 하지만 한 가지 확실한 것이 있다. 그런 질문을 진지하게 던지는 순간 우리는 진실의 무게, 사랑의 무게를 확인하고 느낄 수 있다. 그리고 이 세상에는 드러난 것보다 감추어져 있는 것이 더 많다는 것을 느낄 수 있다. 그 순간 우리는 사랑한다는 말보다, 사랑하는 것 그 자체가 얼마나 더 소중한가를 확인할 수 있다.

셰익스피어는 1564년 잉글랜드 중부의 스트랫퍼드어폰에이번에서 출생했다. 아버지 존 셰익스피어는 비교적 부유한 상인으로서 그는 풍족한 소년 시절을 보낸다. 그러나 1577년경부터 가운이 기울어져 학업을 중단했고 집안일을 도울 수밖에 없었다. 학업을 중단한 그는 1580년 대 후반에 런던으로 올라온다. 당시 영국은 엘리자베스 1세 여왕 치하에서 국운이 융성하던 때였다. 게다가 르네상스 전성기였으므로 런던은 문화가 꽃을 피웠고 그중 연극이 중심을 차지하고 있었다. 런던으로 올라온 셰익스피어는 극작가로 활동하기 시작한다. 그는 1590년대 중반 궁내부 장관 산하 극단의 단원으로서 작품을 쓰는 전속 작가가 된다. 그는 그 극단에서 조연급 배우로도 활동했으나 극작에 더 주력했다. 셰익스피어는 작가 생활을 하는 동안 모두 37편의 작품을 발표했다. 초기에는 영국사를 중심으로 한 역사극과 낭만적 희극을 주로 썼으며 이후 그에게 큰 명성을 가져다 준 비극들을 주로 썼다. 그는 평생을 연극인으로 충실하게 보냈고 자신이 속한 극단을 위해서도 전력을 다했다. 그는 1616년 4월 23일 52세의 나이로 고향에서 사망했다.

큰글자 세계문학컬렉션 10

# 셰익스피어의 비극 2

펴낸날    초판 1쇄   2019년 11월 25일

지은이    윌리엄 셰익스피어
편 역     진형준
펴낸이     심만수
펴낸곳     (주)살림출판사
출판등록   1989년 11월 1일 제9-210호

주소      경기도 파주시 광인사길 30
전화      031-955-1350    팩스  031-624-1356
홈페이지   http://www.sallimbooks.com
이메일     book@sallimbooks.com

ISBN     978-89-522-4111-5  04800
         978-89-522-4101-6  04800 (세트)

※ 값은 뒤표지에 있습니다.
※ 잘못 만들어진 책은 구입하신 서점에서 바꾸어 드립니다.

이 도서의 국립중앙도서관 출판시도서목록(CIP)은 서지정보유통지원시스템 홈페이지
(http://seoji.nl.go.kr)와 국가자료공동목록시스템(http://www.nl.go.kr/kolisnet)에서
이용하실 수 있습니다.(CIP제어번호: CIP2019047278)